全民微阅读系列

长尾巴的城市

ZHANG WEIBA DE CHENGSHI

张红静 著

江西高校出版社
JIANGXI UNIVERSITIES AND COLLEGES PRESS

图书在版编目(CIP)数据

长尾巴的城市/张红静著.—南昌：江西高校出版社，2017.4
（全民微阅读系列）
ISBN 978-7-5493-6018-5

Ⅰ.①长… Ⅱ.①张… Ⅲ.①小小说—小说集—中国—当代 Ⅳ.①I247.82

中国版本图书馆CIP数据核字（2017）第219994号

出版发行	江西高校出版社
社　　址	江西省南昌市洪都北大道96号
总编室电话	(0791)88504319
销售电话	(0791)88592590
网　　址	www.juacp.com
印　　刷	北京一鑫印务有限责任公司
经　　销	全国新华书店
开　　本	700mm×1000mm　1/16
印　　张	14
字　　数	161千字
版　　次	2017年4月第1版 2019年4月第2次印刷
书　　号	ISBN 978-7-5493-6018-5
定　　价	36.00元

赣版权登字-07-2017-1117
版权所有　侵权必究
图书若有印装问题,请随时向本社印制部(0791-88513257)退换

《长尾巴的城市》自序

张红静

我自幼做过很多有关书的梦，最早的一次是梦见一本奇特的书。那时我还小，并不知道书封面上的字是什么。后来查了字典才知是"裘"。还记得书名是"花一裘"三个字。长大后一直在刻意把三个字联系起来，但都觉得风马牛不相及。尽管如此，我依然觉得写书是一种宿命。除了努力写作，我不知道还能去做什么。

第二次做过的有关书的梦便是月光下的《圣经》。我梦见风翻开书页，然后在扉页写着"张红静"三个字。奇妙的是，三个字都是用月光写成。

"十年磨一剑"。现在，当我有了十年的写作经历，终于下了决心出一本集子，战战兢兢，以丑媳妇的姿态来见公婆了。

我小时候并不丑陋，而且还是一个卷头发的惹人喜爱的小姑娘。我的父亲在煤矿上做宣传工作，他很有写作天分，写过众多"豆腐块"在报刊发表。据说那时下班后的女孩们都喜欢到我家来给我自制卷头发，把我打扮成一个洋妞。可见父亲是一个很有魅力与人缘的人。他还擅长画牡丹和花鸟虫鱼，当时家里墙上贴的都是他的画作。他的篆刻也极棒，不过听说只是在萝卜上练习。那绝对是爱好高于一切，没有任何功利。

父亲去世很早。他的小作品一篇都没有留下来，我觉得这是一个继失去他之后的另一个缺憾。幸运的是他留给我们一箱子书和笔记。他的书里有很多《诗刊》，有剧本，还有小说。按说这些都是我的财富，可是后来建房子时，那些宝贝被一个小侄子偷偷卖了换糖吃了。我当时真是恨得咬牙切齿，父亲的那些笔记，尽管字写的是草书，我基本不认识，但看到那些字就感觉他依然在身边。到了最后，连他的字都不见了。在我的印象里，父亲简直是个神，他的书法、绘画、写作、篆刻样样精通，古代大才子们诗书画三绝，也不过如此吧！只恨他英年早逝，过早地离开我们。

  父亲的经历隐隐约约影响了我的选择。除了读书，我没有其他的爱好，最终成了一个书呆子。然而，呆有呆的好处，呆人娴静，没有过多的奢求。热闹的场所没有我的踪影。这正应了我名字里的"静"字。我的名字是父亲取的，他大概也希望我将来做一个宁静之人。社会的喧嚣，现代人的浮躁也会影响到我的生活。于是，写作只能是骨子里的爱，外在的我已经融入滚滚红尘中去了。

  我2006年末才开始动笔写东西，其中断断续续，总是被芜杂的生活打断。最初在一个叫作e拇指的文学网站练笔。练笔时的散文几乎都成为后期无可逾越的作品。我写散文有一年多，提笔写出来已经很老练了。我不会虚构，不懂得小说怎么去写。很幸运的是当时网站请了很多诗人、作家、编辑做点评。我开始尝试写很短的小说，第一篇作品是《夜游》，前后改了很多次，后来被当时的点评老师秦俑推荐到《百花园原创版》。之后又有《青青的麦苗》《闭着眼睛骑车》《你家来了大汽车》等相继发到《百花园》。可以说，我是很幸运的，一开始写作就被推荐作品。写作的动力都离不开编辑老师的慧眼与默默地支持。我始终以练笔的姿态来写，写得随心和惬意。聚沙成塔，一些小东西渐渐多了起来。

  我写的这些短篇小说，后来统一归为闪小说。闪小说是近几年非常盛行的一种文体,这正应了碎片化阅读的时代要求。闪小说玲珑剔透,有人将其比喻成迷你裙,也有人比喻成原子弹的能量与爆发力。它的字数在六百字以内,往往以曲折的情节,逼真的细节,出人意料的结尾来取胜。我的闪小说追求自然而然的结尾,很少刻意。因为我在写闪小说的时候,闪小说还没有现在的规模和特点。从散文走向小说,我自觉走得很从容。爱散文也爱小说,等同于爱江山也爱美人。

除了闪小说,还有为数不多的小小说与短篇小说习作。这些都是尝试,因为我始终在路上。

文集当初以《回家往左》为题,一方面是因为其中的一篇作品,另一方面还因为这句话的禅意。"出门往右,回家往左"是有原地返回之意,这不是一个圆,而是无论走多远,走什么样的路,只要转身往回走就能回到原点。因此,回归是写作的终极方向。写作,应该是向内心本真的回归。眼睛向下,返回内心的真实,是我写作的准则和目标。出版发行时,发觉《长尾巴的城市》更适合文集特点,遂将《回家往左》改为《长尾巴的城市》。

写到这里,忽然对"裘"的理解豁然开朗。在我的词典里,"集腋成裘"便是集众多的小作品为一个文集。那"裘"可以理解为文集了。此书为我的起点,而非终点。人生本就像一个陀螺,初期都需要狠狠抽打方可快速旋转,若旋转不停则需继续抽打。读者的鞭策促我奋进。

写在书的前面,总感觉言不尽意。"满纸荒唐言,一把辛酸泪,都云作者痴,谁解其中味?"斗胆引用曹雪芹先生的话以自勉。就此煞笔,是为自序。

2017 年 1 月 10 日

目录

第一辑　夜游　/001

夜游　/002
雨水　/003
女房东　/004
回家往左　/006
只有一阵风　/007
早晨和傍晚的鸟鸣　/008
闭着眼睛骑车　/011
青青的麦苗　/012
懒婆娘　/013
穿越一个朝代　/014
一千个李煜　/015
等爱的苹果　/023
爱的缺口　/024
牡丹花开了　/024
孤独的时间都没有　/026
最遥远的距离　/027
香椿芽与大白兔　/028
空心的男人　/029
齐眉刘海　/030
六条小鱼　/031
抱椿树　/032
魔镜　/033

男人的伞　　　/035

沉鱼　　/036

女鬼　　/040

低头的温柔　　　/047

奶桃　　/049

凤仪　　/050

闲泉　　/051

电话的另一端　　　/052

都是苹果惹的祸　　　/053

始龀　　/054

嗨,兄弟　　　/055

似花还似非花　　　/056

满天都是棉花糖　　　/059

邻居的耳朵　　　/060

小欣的远方　　　/061

错过季节的石榴花　　　/062

故事里的事　　　/063

爱的呵护　　　/064

第二辑　你家来了大汽车　　　/067

你家来了大汽车　　　/068

寄居地　　/070

孤山上的老狼　　　/075

我要种一棵苹果树　　/078

母亲给父亲夹菜　　/079

魅影　/081

去马家沟　/082

回家　/083

五号病房　/084

摸花　/087

小五的爱情　　/090

谷雨　/100

电话　/101

出行　/102

你们才是我的处女作　　/105

背后的秘密　　/108

婆婆的天下粮仓　　/109

你想要什么样的结局　　/110

阳历年的饺子　　/112

生活多美好　　/113

他的样子　/114

酸涩的煎饼　　/115

沏壶新茶　/116

暖冰　/118

黑子　/119

人生得意须尽欢　　/120

卖花的男人　　/121

路口　/122

第三辑　长尾巴的城市　　/125

我有我的咳嗽　　/126

长尾巴的城市　　/127

我的孩子在吃手指　　/128

身体的演变　　/129

舞台上的皇后　　/130

杨悠然还伞　　/131

侧身　/132

保安老皮　　/133

都有病　　/134

我要找到他　　/135

械斗　/136

痛苦之芒　　/137

特殊防盗器　　/143

爱心疫苗　　/144

少年与医生　　/145

孩子,你好了呀　　/146

诸葛亮三秀茅庐　　/147

杜江路口的阻塞案　　/149

马倩倩和她的闺蜜　　/151

邮政局的电话　　/154

竞赛　/156

私人诊所　　/162

牛郎　/165

去远方　　/168

鬼脸　/169

同情芝麻　　/170

鱼骨　/171

作家的虚构　　/172

用心去做　　/174

同学的爸爸是老板　　/175

搅局　/176

抬起头来　　/177

数钱技艺　　/179

罢罢罢　　/180

第四辑　肉食者鄙　　/183

肉食者鄙　　/184

狗皮膏药　　/186

驴子下山　　/188

老虎与蚁巢　/189

大牌枪手　/189

禁止携带黄鱼　/191

狗尾巴花看世界　/192

我要保护所有的人　/193

这张卡可以刷吗　/195

黄牛家的青草　/196

猴子也疯狂　/197

天才音乐家　/198

双黄蛋　/199

考核　/200

在路上的桃子　/203

白开水　/203

别　/205

大孩子和小孩子　/206

名医　/207

只叙旧，不说事儿　/208

拄杖敲君　/209

还是对门邻居　/211

第一辑 夜游

夜 游

新婚后。她说,我有夜游症。他说,正好,我失眠,你夜游时我跟在你后面。

半夜里醒来,他发现她睡在另一个卧室的小床上。他悄悄把她抱回去,她很轻很轻,像个孩子。

第二天清晨,她真的以为自己有了夜游症,其实她只是想要一个自己的空间。

她问,我可以单独拥有那张小床吗,真的与分居无关。

他说我明白,你也有完全的自由,就像你给我的自由一样。

她又可以拥有睡觉前的那种安静了。如果她想他了,会在任何醒来的时候像夜的幽灵钻进那个大大的卧室。他醒来后发现身边有个软软滑滑的身体,他们就会变成一对水蛭。对,就像夏日池塘里那些很快活的水蛭。

他从不失眠,尽管他也谎称自己有失眠症。可是自从结婚后,他常常在半夜里醒来。他想她时就到她的卧室里悄悄把她抱过来。第二天他就会说,你的夜游症又重了,怎么又过来了呢?两人就笑着滚在了一起。

现在,她感到自己的夜游越来越严重了。有时从大床上会跑到小床上,有时又从小床跑到大床上。只是大床仅剩下了一只水蛭。

他出差后就永远没再回来过,那是一场意外。

雨　水

中学时代，我和嘉琪就是好友。好到什么程度呢？我们在一个宿舍，挤在一张床上睡觉，同盖一床被子，甚至于她的情书都一起拿来分享。

那时熄灯之后，我们买了蜡烛，要不就拿了手灯，她为我念那一封封来自宇的信。

"亲爱的……"

"哎呀，自己名字不读了，多不好意思！"

我躺在床上，闭着眼听宇写给她的信。我的脸在发烧，真没出息，又不是写给自己的，心慌什么呢？我虽与她一起嘲笑宇的痴情，但宇的形象却时时在我脑子里浮现。他瘦瘦的，清秀的脸庞写满了忧郁——该死的学生时代，竟然喜欢忧郁的男孩儿。他常在脖子里搭一条素色围巾，让我经常想起民国时代的文学大师。

宇的信全是分行排列的。嘉琪说，那是诗。高三的最后一天，我们要搬离学校准备回家时，嘉琪一股脑把塑料袋里的信塞到我怀里说："艳艳，给你，留着吧，做个纪念！"

"我才不要呢！"我把那个袋子扔给她，她没接，袋子掉在地上，折起来的信散落出来。嘉琪骑上车子，头也不回地走了。

我捡起信，一封封仔细地读，那些开头的称谓都是一样的："亲爱的艳艳……"

该死的嘉琪，她一直在骗我，明明是宇让她代为传信。宇，我

曾经憎恨你有眼不识金镶玉,曾经我高傲地走过,投给你蔑视的目光,你的那些信,我都用耳朵读了,而你,在哪所大学,又将挽起哪个女孩的手?

我骑着单车回家,路上下起了雨。后座上的一截绳子缠在自行车轮子里,我下来,打住车子,解那节纠结的绳子。越是心急,绳子越是难解。这时,我听见一个好听的声音:"艳艳,车子怎么了?"

我抬头一看,是宇,我的泪水伴着雨水滚落两颊。

女房东

寒露过后,天有些凉。我躺在床上,恍惚间门开了,有个窈窕的身影旁若无人地走进来。我觉得她像女房东。

白天,我提着皮箱进来的时候,她正好往外端一盆水,她想避开我却已经来不及了,我的身上全是水。大凡客居在外谋生的人,活该就是我这种样子吧!她应该被自己吓坏了,连连嗔怪自己,还让我回出租屋里换下衣服,她要为我洗干净。

现在,她手里空空的,并没有我的衣服。她走路的样子有些吓人,直直地走,又显得对环境熟悉得很。她走近床边,掀开被子躺下,脸朝向我,钻进我的怀里,睡下了。

她是不是在梦游?或者,是我在做梦?我掐了下自己,疼。

我轻抚她的身体,她开始抱住我,紧紧地抱住。等我有了进一步的行动时,她却忽然叫了一声明子,然后站起来走了出去。

第二天早晨,我出门时碰了一下她的肩膀,问她:"明子是你男人？"

"嗯，你怎么知道的？明子出国打工三年，过几个月就回来了！"

她昨晚到底是怎么了，真的有梦游这种事情吗？

接下来的那天夜里，我把门在里面反锁了，可是怎么都睡不着。我又把门打开，期待她梦游的时候走进来。她果真来了。她光着脚，梦游的人直接从床上走下来，是光着脚吧。寒凉的月光下，她像月宫里走出来的仙子，缥缈的白睡衣妖妖娆娆，一件上衣松散地披在身上。我往里靠了靠，她像昨晚一样躺下来，头埋在我的胸前，睡下了。

我下床将门锁上，回去躺下。我听着她均匀的呼吸，心脏开始剧烈地跳动。她是上天送给我的吗？我的手很轻缓地在她身体上滑动，一直到我最想去的地方。她开始低低地呻吟，我用嘴唇堵住了她的嘴唇，亲吻她。她忽然坐起来又往外走，来到门前我已经将门锁了。我将她抱回来，一句话也没说。据说，梦游的人，是不能被叫醒的。

我将她抱回床上，进行下一步的一个坏男人的行动。我从来没有感受过这样梦游的女人，她的身体像一根烧着的木炭，火焰一阵一阵燃烧，像青春的烈焰。我觉得我已经不顾一切，而她也仿佛要死在一场梦里。最后，我将她轻轻放在床上，她还在睡，而我，再也睡不着了。我决定走出这个屋子，于是收拾东西准备回家。我在外打工一年，忽然想到了自己的妻子。

我打开门，她似乎醒了，披上那件上衣往外走，下楼，然后回到了自己的房间。

第二天早晨，我向她告别。我说："我要走了！"

她什么都没有说，只是用很异样的眼光看我。我能看到她舒

缓的气息，在那个极有弹性的身体里喷涌出来，到达鼻翼后，就屏住了。

你若是我，还在纠结那个问题吗？她是不是有梦游症？我希望她有。她的眼睛还是那样清澈，一笑起来，细小整齐的牙齿像煮熟的嫩玉米，总让人想不经意地去啃一口。我是一个坏男人。如果她没有梦游，我也是一个坏男人。

现在离冬天还很远，我想回家，而她的男人，也应该在这个冬天回来了。

回家往左

最初，我只是忘了盖暖瓶盖子。他说，换一个自动暖水瓶，一按，水就出来了，一松，水就自动关闭，不要紧的。

后来，我开了水龙头后总是忘记关。他说，换那种感应的，人一来就有，一走，就没了，没事的。

最让人担心的是，我出门常常忘了是否锁了门。他说，换那种智能防盗门，人一往外走，门就自动说，请用您的美丽指纹锁门，人一回来呢，门就说，请用您的美丽指纹开锁，你这忘性，没事的。我问，有这样的门吗？会说话？会说话，比我还会说话呢！我们都笑了。

出门的时候，我会忘记回来的路。一到路口拐弯我就要进行艰难的选择，到底往哪走，弄得我头痛。他说，出门往右，回来往左，错不了，再说，我不会让你一个人出门的，除非我……我掩住他的嘴巴,不让他往下说。

从警察局回来的时候已经是夜里十点。他一上来就要搀扶我,我不让。我虽然后来忘记了许许多多的事情,可是我们当年的牵手还记得。我一定要手牵手回家。回家往左,我对他说,你难道忘了?黑夜里,我偷偷地笑了,这点记性,我还是有的。后来我就要赖不走,让他背我回去。我听见他嘴角里飘出来的苦笑,他一定在想,老了还这样,不怕人笑话。

回到家,小男孩开了门。爸爸,奶奶真的找到了!奶奶,您去哪了,我们找了都一个月了!我打量身边这个牵手的男人,他是我儿子?可是,他呢?我问!

我还依稀记得,他说,他得出远门了,让我不要找,找也找不到,还会把自己丢了。我就不信,出门往右,回家往左,还能把人丢了。他一定也得了我一样的病,迷路了。第二天,我又悄悄出门,去找他了。

只有一阵风

女人和男人一起在路上走,男人忽然没了气息,死了。

女人大恸,不知道自己和孩子将来怎么生活。更不知道,他的离去,竟然让她痛彻心扉。所幸不久,男人竟回来了。

女人问,你没死?

死了!男人说,回来的是鬼魂。

那你到底是因何而死呢,太突然了!女人有一百个疑问。

我们的儿子,他咬了我一口。男人回答,但丝毫没有怨恨。

女人不再问,因为男人开始干活,干那些女人和孩子都不能做的活。男人回去的时候女人抱住他,不让他走。男人说,时间长了,她会生气的。

她是谁?女人问。

是阴间里的妻子。在那里,也结了婚。男人告诉她。可是他还是忘不了这里的一切,他就在阴阳两界辗转,非常辛苦。

你就不能只娶一个妻子吗,无论在阳世还是在阴间?女人责备他。她忽然听见敲门声,才发觉是梦。女人在里面反锁了门。已是午夜时分,那个该死的,终于回来了!

女人问,你不是死到外边了吗?为什么还回来?

男人说,开门吧,好老婆!有你和儿子在,我还能去哪儿?

女人开了门,却只有一阵风吹进来。

早晨和傍晚的鸟鸣

在路上,我能数得清楚,那丛月季有几朵花正在开放。还有,路旁有几棵槐树,以及槐树发了几个大的枝杈。我并不是无所事事,而是因为那时是在早晨,阳光那么好,空气凉凉地漫过肌肤,像一层淡淡的清水。

我的家离单位很近,几棵树与一丛花便是路上所有的风景,有时还没敞开步子,单位已经到了。跟我同路的还有一个男孩,有时走在前面,有时走在我的后面。

有一天，我的耳朵忽然灌入了鸟鸣。我问渐渐赶上来的男孩，听到鸟鸣了吗？听到了，老师。每天早晨都能听见呢！原来，每一天，小鸟都会隐在树枝里清唱。我不知道为什么以前没有听到它们，而且自从听到了不同声调的啾啾之后，在每个醒来的早晨，我都听到了歌唱。即使是走进单位大门的时候，在几株杨树浓密的叶子里我也听到了快活的鸟鸣。它们是预先存在着的，而之前我的双耳并没传达给我的内心，或者，我的内心因为被填满而再也装不下这美妙的天籁。

从此，我就在早晨谛听那些欢快的音符，仿佛心也是跟着音符在枝间跳跃的。之后的时间里，太阳会将一块石头焐热，石头在纷繁的旋转里倦怠，在倦怠里，石头学会了世事洞明，学会了人情练达。这期间，鸟儿从不在枝间跳跃，它们躲到了黄昏里面，等待一双倾听的耳朵。

我是在某个晚饭后，天将垂暮的时候又听到了这条路上的鸟鸣。鸟声清脆，余晖洒在叶子上，晃着金边。步子愈远，天色愈暗。我看见前面一对恋人在火热地相拥。男孩个子颀长，但显然有一条腿是短的。是他，那个每天早晨都能听到鸟鸣的孩子。女孩我也认识，她们都是我班里的学生。两个同样优秀的孩子正在美妙的夜色里相爱。我不知道能不能用相爱来表达他们。但是，我有些佩服女孩的勇气，或者更多地佩服这个具备勇气的年龄。男孩是残缺的，在发育之前的年龄遭到了车祸。他的一条腿是假肢。看得出，假肢已经短了，已经到了再次更换的时候。

我装作什么都没有看到的样子。我的步子不疾不徐地走过。两个拥抱的身影忽然间散开了。老师！他们喊住我。啊，你们两个，我说。我很平静，但是那种掩饰不住什么的平静。老师，你不会反对我们吧，你不会告密吧！我们知道你会出来，我们是故意

这样做的，我们知道你会支持的，我们彼此相爱。女孩一口气说完，男孩却很腼腆。

我告诉她，我不支持你们这样，但是可以理解相互之间的好感，因为人生很长，很长呢！女孩说，老师，我们没有你想的那样。今天我们两个是来分手的，您就是见证了。这次我们一定是要分手的，分手就是为了将来永不分开。

永不分开？我问她。心里却暗笑，你们逃得过时间吗？逃得过世俗吗？

嗯，女孩说。我们想默默地相爱，因为只有这样，我们才不会有阻力。当我们考入大学，毕业之后闪婚一下，让周围的人都措手不及，根本来不及反对我们。这是我们的长远计划。

我不想为两个人的长远计划叫停，我也只有从心里祝愿他们。一个身体残缺的男孩，他应该有美好的期待，有甜蜜的回忆。感谢如水月华，洗掉白天的一切芜杂，净化了每个凡人的心灵。

回到安静的夜里，拧开台灯，拿出白天有些看倦的《聊斋志异》，窗外习习的凉风掠过脸颊，与风一起进入的还有一两声鸟鸣。有哪一只鸟忘记了回巢？我闭上眼睛，无限宁静。我理解了蒲松龄先生笔下的书生，他们为什么总会遇见美丽的狐妖。他们是清贫、困苦、才情过人的美男子。但有时会遭遇不测，不过不用担心，总是有关爱的一颗心为他们灼烧，甚至是异类，也是那样热烈而忘情。

我很欣慰，我发现了早晨和傍晚的鸟鸣，静下心来，你也会听到的。

几年后，我在一所高中门前路过，在车上偶尔看见了那个装假肢的男孩子，他的头发很长，穿着邋遢。我猜，那个女生一定不在他的视线里了。或者，他不在女孩的视线里了？

闭着眼睛骑车

那一年夏天,我和梅去学校看高考成绩。

走出学校大门的时候,梅说,咱们完了!我推着车子不说话,心里慌慌的,总觉得应该做些什么。

要不,咱们闭上眼睛骑车,撞上什么就算什么吧!考不上大学还有什么意思?我建议。

我们闭上眼睛,我不敢胡乱蹬车,眼睛一开一闭,唯恐真的有大车飞来。我偷看了一眼梅,她也是偷偷睁开又闭上,我扑哧笑了,她也笑了。但是笑过之后,什么都没有改变。

来到一片树荫前,我们两个停车坐了下来。梅说,咱们买车票去南方吧!我说我不,我走了怕我娘担心。梅说,真没志气!

回家后我就跟我娘说了去南方的事情。娘很欣慰,自己的女儿还是很听话的。相对于失去女儿来说,大学算什么呀!她转而又把事情告诉了梅的娘,多留心呀,不要让她真去了南方,小姑娘家的,去了能做什么呢!

梅没有去南方,也可能没有去成。几天后,梅喝了好多安眠药,还是被救过来了。后来,我们两个人回校复读。又一个七月来临,我顺利地通过了人生的大考,梅又落榜了。

回家的路上,我的车子飞快,梅的车子总是落在后面。我回头叫她的时候,看见一辆大车已经卷走了她。她就这样永远地消失了。我不知道这一回,这个傻瓜,她是不是真的闭着眼睛骑车呢?

青青的麦苗

那是在高三最艰苦的阶段。累了,我和枫会跑到学校外面的麦地里。清风拂面,麦苗掀起了绿波,真是一片绿的海洋。我使劲吸一吸鼻子,想把这里的空气都藏到我的肺里去。枫就在这个时候拿出了历史课本攻读起来。

我则坐着,躺着,将袖子高高挽起,让皮肤尽可能多地接受大自然的沐浴。真美啊!我陶醉了,竟也睡着了。一个下午匆匆而过,枫再出来的时候就不叫我了。

枫很顺利地考上了大学,我名落孙山。枫有的是时间,把大把大把的时间抛在了写信上。枫在信里说,要锻炼身体,要早起读书,还要上晚自习。枫的信花花绿绿,重点的地方都着了彩色。后来,我也上了枫所在的大学。

枫已经有了女朋友,她很细腻,像个南方的温婉美女。但是,为什么还一直给我写信?

枫说,我的天,能在麦地里打呼噜的女生,谁敢要啊?那次你告诉我,其实没什么事情是很重要的,比如高考,比如我。

枫的女朋友后来跟枫分手了。她说,枫总是引用我的名言。我不是名人,但他重复得多了,我的话就成了名言。

同样,也没有什么事情是不重要的,比如高考,比如你。我对枫说。

懒婆娘

老汉老了。这些日子，忽然发起脾气来，饭也不做了，衣服也不洗，整天还唉声叹气，骂骂咧咧。

懒婆子，我的日子恐怕不多了，我觉出来了。

婆子说，你老东西死不了，村里看病的先生说，你的病根本不是个病。再说，我得走在你前头，你腿长，走得快，早晚追上俺，咱一起走。

懒婆子，谁跟你一起走？自你嫁给俺，可给俺做过一顿饭？

婆子说，俺嫁给你个穷汉，俺家里都跟俺闹翻了，俺这后半辈子，哪回过娘家一次？

懒婆子，跟你一起走？你可给俺和孩儿洗过衣服来？

婆子说，俺是十里八乡有名的俊闺女。嫁了你，你说，衣裳你都不用洗，糙了手。那都是你说的，怪不得俺。

懒婆子，一起走？衣裳破了，你可给俺们缝一针两针哩？

婆子说，你老东西忘性大，夏天的时候，你说让俺扇蒲扇，你缝；冬天的时候，你让俺早早去给你暖被窝。针线活，不都是你愿意做的吗？

懒婆子，这辈子娶了你，你看看，你啥都不会干，俺活得累。

婆子说，俺给你生了对龙凤胎，孩子出来时难产，大出血。你跟个婆娘一样哭，还说，这辈子俺啥都不用干，你养着俺，照

顾俺。现在,你怎么后悔娶俺了?

懒婆子,我不是后悔。我是担心,我死了之后,谁来照顾你?

穿越一个朝代

琛是一个可爱和动人的女子。我常常带着她,悄悄地去人烟稀少的地方游玩。

这是我和琛一起路过的一片乡野,我似乎听见了两个稻草人——他和她或急或缓的呼吸。

起先,他走在前面,一只手垂下,另一只手扬起鞭子向远方抽去。他一直在抽一把空气,没有鸟儿落下来唱歌给他听。鸟儿都被他吓走了。无论白天还是夜晚,他都做出要抽一把空气的样子,但他的手一直没有动。他生来就只有这一个动作,似乎在往前走,其实一步都没有离开生他的地方。他是一个假人,他只穿了蓝布衫,戴了顶破旧的草帽。

另一块地里,是一个女人,她戴着有花边的帽子,侧着身子似乎在呼叫着谁。他没有听见,因为我没看见他回头,或者她根本就没有声音。她是真的没有声音,她只会侧耳细听。没有鸟儿飞过来,她竟然也想听一下小鸟儿扑打翅膀的声音。多么寂寞的女人啊!

稻草人活了! 第二天,琛在我的耳边大喊。我们再次路过这个地方的时候,看见那个女人与他并排走着,像是急匆匆地赶路,更像是奔赴新的生活。他们的生活,不仅仅是一把米吧!

琛说,咱们私奔吧!我笑了笑说,好!但是,你得把人家地里的稻草人搬回去!

这个简单,琛说。不过,他们只相隔一块地,而我们呢,仿佛要穿越一个朝代!

一千个李煜

1

每天早晨,江采萍都要睡到自然醒。她恍惚中觉得梦到了杨贵妃。梦境模模糊糊无从想起,她索性像一条光滑的鱼一样一跃而起。阳光很热烈,正辣辣地照在她胸前的两个雪白的帐篷上。不知道从何时起,她的两个白面馒头变成了两个鼓胀的圆帐篷。

她满意地用手捧起那双饱满的乳房,多年的自恋让她越变越满意,无论自己的身体还是自己所从事的职业。

江采萍在十年前是不满意自己的身体的。当她终于下了狠心将自己交给那个披头散发的吉他手时,吉他手定定地看着她的胸脯。他并没有说什么,但她感觉到了一切。因为那个人再也没有找过她。

她清瘦得像个豆芽。毕业后她直接就跟一个普通的男人走进婚姻。难道这个也因结婚而二次发育吗?这个男人竟让她的胸部变得饱满圆润。她感觉受到了命运的捉弄。她的自卑和自信都源于这两个尤物。所谓成也萧何败也萧何,如果它们在十年前就

鼓胀起来,她会燃烧起几场不灭的爱情啊!那个拿走她女儿身的吉他手也许会爱她一辈子呢。

她每天在网上旅游,在一个地方划拉诗歌,在另一个地方编织散文,在浮躁的场所写一些叛逆的小说。当然,还在一个很特殊的文学网站里认识了一个人。

上网就是她的工作。也有偶尔的文章在杂志上发表过的,她把这当作顺便。她并不需要稿费才能生存。他的男人足以养活她几辈子。男人给老板开车,大部分时间不在家里,有时晚上也不回来。这正给了她闲暇,可以在网上做一个无牵无挂的女侠。

与她聊天的人叫李煜。

江采萍是一个小圈子里的才女。她早在小学时就背过李煜的词。"春花秋月何时了,往事知多少。小楼昨夜又东风,故国不堪回首月明中。雕栏玉砌应犹在,只是朱颜改。问君能有几多愁,恰似一江春水向东流。"

现在,这个厚颜无耻的网上的男人自称是世上一千个李煜中的一个。他经常做的就是在上面写诗猎艳兼用下半身思考。

李煜对江采萍说没准她的前世就是李煜后主宠幸的姬妾。不然为什么在众多的网虫子里会彼此遇见呢?如果不是三生有幸前缘未尽那怎么会这样激情万丈呢!

几年前的江采萍对诗人的崇拜不亚于对吉他手的迷恋。李煜的前世之说立即拉近了两人的距离。他说他一朝大权在握也定然是个亡国之君。因为他也爱诗歌,爱女人,爱自由,唯独不爱朝政。

江采萍最初认为他叶公好龙,随即发了李煜的名句来试探他:浪花有意千重雪,桃李无言一队春。李煜立即发回下半句:一壶酒,一竿纶,世上如侬有几人?

江采萍遂又发了一句:一重山,两重山,山远天高烟水寒,相思枫叶丹。李煜回:鞠花开,鞠花残,塞雁高飞人未还,一帘风月闲。

看来他确确实实是个诗人,至少不是网上猎艳的骗子。江采萍还是将李煜当作吉他手来想念的,但是时间长了,李煜就是独立的李煜了。他的头脑里一定装了类似芯片的东西,不然就是盛放了一些不同种类的油类物质。他的嘴巴一定抹了不同色质的油,每种油都逗得江采萍在空旷的深夜里放声大笑。

她基本算是一个单身女人,尽管她有房子,有结婚证书。男人只是把钱袋留在了她身边。他在外面有没有女人江采萍并不关心。她在这个世界上深爱着的就一个人,那就是自己。如果她不爱自己,谁又会爱自己呢?她的诡异或者爽朗的笑声常常让她自己也感到毛骨悚然。她是谁,她要有什么样的生活,她一点都不要去想。她的心很空,必须要有一个人来帮她填满。这个人当然就是李煜。

她拿起手机发了一个短信:起来了吗?

李煜回:刮胡子呢!

江:后主亲自刮胡子?

李:昨晚没有妃子侍寝。

江:睡得好吗?

李:秋风多,雨相和,帘外芭蕉三两窠,夜长人奈何!

江:你又来了! 好好说话!

李:我想见你,想你都想了三年了。李煜竟不知道跟他的宠姬接吻是什么滋味。这要把我那九百九十九个李煜兄弟笑死。

江:我要吃饭了。

李:我也要吃了,今早有个螃蟹。发个图片给你?

江：不用，吃你的螃蟹。

李：那我掰腿了！哈！哈！哈！一会儿上班。晚上见。

2

她没有马上去买吃的。到了一定时间会有钟点工帮她收拾房间和做早餐。她来到电脑跟前浏览几个熟悉的网站。每个网站注册以后她都要将自己的近期照片上传。无论从什么角度来看，江采萍都像一个二十二三岁的姑娘。每天她都要清理一些垃圾留言。她是一个活跃的网络美女，尽管人人都说网络无美女。

门铃响了。培培从外面闪了进来。她觉得培培是带着阳光进来的。江采萍只是看起来像二十二三岁，而真正的青春是不用看起来怎么样的。培培今年二十，是大二的学生。培培叫她江老师。江采萍不习惯别人叫她姐，因为那就成了江姐了。

叫老师也很不舒服。只是因为培培给她接了几回电话，替她取了几次稿费，培培就把江采萍当成了美女作家来崇拜。

她关了电脑与培培闲聊。

培培，恋爱了吗？

没呢，江老师。我还小呢，况且还要赚学费，也没时间花前月下呀！

江采萍打开自己的衣柜：培培，随便挑挑，把自己打扮得漂漂亮亮的。青春像小鸟一样不回来呀！

最后这句江采萍是唱出来的。除了词人李煜，她还喜欢王洛宾。

培培说江老师你今天有些奇怪哦！好吧，我只挑一件，谢谢江老师。

看着培培红扑扑的小脸，江采萍在她身上寻找自己的青春。她在暗自揣摩：如果该死的李煜看见眼前的两个女人，他还会选择她在每天的早晨和晚上聊天吗？

有一段时间她在网上看到这样一句话：男人偷情为性，女人偷情为情。江采萍难以说清自己是为了什么，李煜又是为了什么。最要命的是，他们算是偷情吗？李煜根本就没有结婚，而她现在也算是一个单身女人。

他们其实什么都不是，而且她还能断定他们早晚会再见。就像太阳每天都升起来落下去一样。

培培给阳台上的植物浇了水。江采萍也来到敞亮温馨的阳台。每片叶子都透着鲜亮的生命的光泽。江采萍忽然觉得自己老了。这些小活她完全可以自己完成，只是她一天到晚一个人太寂寞。培培就像这窗台上鲜亮的叶子，她总能给江采萍带来人间的鲜活的气息。做人，就要像培培一样活泼和富有朝气。

培培有些像十年前的自己。那时她在大学里也常常出来打工。她在打工的时候遇见了吉他手。他在自己的店里卖吉他。江采萍一见他就被他那双深邃的目光和高傲的眼神勾引。十年前她是不会用勾引这个词的。那时的她有多么的青涩。

她当初一定要留到店里帮忙。她帮忙两个小时而不要任何报酬，她要的只是静静地坐在那里听他弹着吉他演唱。她只要能抬头看见他的眼睛就满足了，尽管她会莫名伤感，悄悄流泪。现在想来，纯洁的爱情是多么犯贱啊！后来她的真情到底打动了他。他一天不见她就发脾气，你干什么去了？你不知道店里缺人手吗？她每次都满意于她的不可或缺。他缺的不是人手，他需要她，这就够了。

她每天还有两个小时的家教，每天来回地穿梭，忙碌时就像眼前的培培，全身都是阳光。店里的生意并没有因为她的无偿服务而好起来。相反，有一天晚上吉他手说要关门大吉了。他的外公在另外一个城市给他谋了一个体面的工作。他以后可能没时间弹吉他了。他把自己的吉他送给了她，她同时把自己也献给了他。

江采萍不止一次地回忆那个不为人知的往事。也许真的是老了，她对自己说。她其实不是很喜欢音乐。外国的名曲只知道《致爱丽斯》，青年歌手、流行歌手她也数不到十个。但是她唯独喜欢艺人。这个艺人也许不是正当红，是个艺人就行了。她爱艺术，崇拜艺术，对以艺术为主业的人更是顶礼膜拜。

现在她开始喜欢李煜的诗歌和他的人了。喜欢他的直言不讳和寡廉鲜耻。他会直接称自己流氓，会说他把别人上床的时间读书，把别人读书的时间上床这样的混账话。他的混账话让江采萍迷恋。但是她不能确定她是否爱上了他。

他好像是另一个自己的灵魂。她感到自己的灵魂一直在飘。她被一个叫作丈夫的男人养着。丈夫不爱她，她也不爱自己的男人。除了那个吉他手，她好像没有再爱过任何人。但即使吉他手来到她跟前，她依旧不能确定自己是否还爱着她。当初她爱着的也许只是被称作爱情的爱情本身。

江采萍觉得自己怎么都离不开李煜了。她满脑子都是李煜和李煜的博客。他的博客是以自己的名字命名的。他是有一点名气的诗人。江采萍不聊天的时间就翻看他的文集。

只要他的博客不更新，她就在一头嚷嚷：懒虫子，该更新了！第二天，他就会发过来。更新了，嘿嘿！

晚上吃过饭，江采萍发了李煜的诗词。两人的聊天往往以李煜的诗词起兴。

"雁来音信无凭,路遥归梦难成。"

李煜立即上线。"离恨恰如春草,更行更远还生。"

他们两个像是在玩特务的接头游戏。每次开始江采萍就觉得人生的全部意义就在于这虚幻的快乐之中。

李:我昨天有了艳遇,对方是个处女。

江:艳遇一定不艳,既是处女定没有粉蝶招惹。

李:但是我想娶她了。

江:她定然不丰满。

李:她是处女。我昨天遭遇处女很惭愧,我是个负责任的男人。昨晚上我喝醉了,早晨醒来后,我发现她躺在我的床上。她穿着我大大的衬衣睡在我旁边,一切该发生的事情都发生了。

江:哈哈!滥俗的情节,抄袭了电视上滥俗的情节。李煜,你竟然是负责任的男人。你对谁负了责任?你昨天穿了黑色吧,黑色性感,否则就不会招惹处女以身相许了。

李:你一定穿了绿色。嘴巴酸酸的,怎么样?吃醋了吧!你穿红色一定好看。或者粉红的,你丰满吗?说老实话,要是你一点头我立即跟处女拜拜。

江:我是大妈你说丰满吗?你要结婚我们就要再见了。永远不见。

李:既然我都要结婚了,咱们就见一面吧!我怕见了你就真不想结婚了呢!Sorry,有电话,约会时间到了。拜拜!

江采萍很怅然。她不停地呕吐,从早晨开始,中午和晚上都没有一点食欲。李煜是个嘴巴特损但是心地善良又软弱的人。她嫉妒那个年轻的处女。三年里,她在李煜那里得到了那么多。她读的书,她的疑惑,她无聊时的打发,她的感情寄托都在李煜身上。李煜,李煜,李煜。江采萍默念着他的名字。她原先以为自己

的心是死了的。她没有对金钱、对工作、对事业、对家庭的追求。但是李煜的出现让她发现自己原来深爱着写字这项职业。她虚度了那么多该读书的好年华。她不懂音乐，不懂哲学，不懂历史，不懂诗歌。她几乎一无所能。但是李煜的出现后什么都变了。她像个水蛭开始吸收着书里的营养。她还是很在乎自己写的东西能不能发在杂志上的。原来她的人生是有一个追求的。如果她有幸走进了那个文人的圈子，李煜绝对是她的导盲犬。

3

之后的几个月里，江采萍断断续续地跟李煜说着再见。可是再见总是那样难，因为再见而聊天的借口始终不断。她有时竟然觉得自己得了抑郁症，她辞掉了培培。培培越来越青春和靓丽，而她的脸色越来越不好。她形容枯槁，反正没有朋友来往，她可以一天不用梳妆。日子像水一样滑过。她忽然想把自己的短小文字整理在一个新建的博客里。

博客建好后，她在李煜的博客里友好地打了个招呼。对方发来了小纸条：你是不是认错人了？我不是李煜啊！

江采萍的心里一沉。三年了，我竟然对着这个人的博客与另一个叫作李煜的人聊天？聊诗歌？如果博主确实是李煜又装作不认识是多么虚伪！那绝对不是我认识的李煜！但是，我认识的李煜不是博主的话为什么要骗我呢！李煜，你是哪里的李煜，哪怕你是个骗子，我也愿意你回到我的身边来！

江采萍想拨通李煜的电话来证实一下但又感觉没什么意义。骗了她又如何呢？她并没有失去什么。而且他陪着她度过了那么多快乐的日子。即使她能够挽回他们虚幻的感情又怎么样

呢？毕竟,她不能给他一双修长细腻的腿。

她的腿,早在十年前就被医院里咔嚓一下截去了。没有了双腿,这个家早已经名存实亡。丈夫一个月难得回来几趟,采萍的生活里全是空的。

她打开 QQ,登陆了自己的名字,鼻子里低低地哼出一阵苍凉。是的,没了一个李煜,还有九百九十九个李煜。此时她的胃里一阵难受,翻江倒海般吐了起来。

等爱的苹果

一个苹果爱上了一位画家。为此,她常常幸福地想象。

在漫长的等待里,它终于被画家搬上了画布。很快,这幅画以高价被一个富商拍走。富商请求画家连同那个鲜艳的苹果也一并让他带走。画家拒绝了这个请求。他要回去甜美地品尝那只苹果的芳香。

回来后,画家的水果刀刮去苹果红艳的皮,如同轻轻褪去少女薄薄的纱衣。

苹果闭上了眼睛。

可是,画家只咬了一口就弃之窗外。原来,苹果的心早已在等待里腐烂。

无法启齿的爱,只能烂在心里。

爱的缺口

他看电视,她上网。他递过一个削好的苹果,她看了看,没接。

你能让我吃一个完美的苹果吗?她说。她的苹果上永远有一个剜下的缺口。这是他的习惯,削好后自己一定先尝一尝。

他就傻傻地笑,他从来没有她喜欢的那种聪明,没有她喜欢的那种喜欢。

她就揶揄他,你若是个官,说不定是个小贪官呢!

他其实就是想尝一尝哪个味道更好!即使同一棵树上的苹果味道也大不一样。她吃的那一个一定是两个苹果中最甜的。

她不知道。他也不愿意说,他的嘴巴总是没有她的苹果甜。

牡丹花开了

又到春天,来看牡丹花吧?

我会去的。

一个人吗?

一个人,等我。我从没见过大片大片的牡丹园呢!

花要谢了,你还来吗?

我会去的,只是耽误了些时日。要不明年吧!

一个人吗?

一个人,等我。明年我要带上相机,穿着好看的风衣,我在花丛里,你为我多拍几张照片。

今年来看牡丹花吗? 牡丹又开了。

会的,等忙完这几天。

一个人吗?

一个人,等我。行李都备好了,我要带一些种子回来,还有花瓣上的露珠与花粉,我都要带回来呢!

花又要谢了。

会去的,要不,等到明年吧! 明年,我带上……

你看,你看。他发过许许多多牡丹的图片:有含苞的,有怒放的,有笑对阳光的,有娇憨无比似睡非睡的。

嗯,那些牡丹很美。

我已不能带你去看花了。如今我整日待在医院。我早该寄一些种子给你。

嗯,春天是属于花朵的。你会好起来的,等我,明年我一个人到你那里,去看牡丹花。

她拉过拐杖,蹒跚地走到窗前。

窗外,牡丹花开了。

孤独的时间都没有

我说,凤,该结婚了,咱们!

可是你不,人家女孩子都染红头发、黄头发,你染什么呀?黑不黑,白不白,一看就是老太太。人家漂亮女孩子上班在外企,下班在马路兜风,你呢?从医科大毕业,又在北京读完了博士,回到咱这穷旮旯,租房,办执照,挂牌,招人,开诊所。

凤,咱行吗?现在医院林立,门诊成排,咱这,能有人来看病吗?你不管,把头发挽到后面,像20世纪的老女人梳的一个髻。人家都是老黄瓜刷绿漆——装嫩,你倒好,硬把花枝般的年龄伪装成老梆子。可是从前面看,还是嫩得很呀!你学的是中医,只需望闻问切不好?

凤,我七大姑八大姨三婶子四舅舅都给你招来了。失眠?腰痛?头晕?胃不舒服?这难不倒你,几服药下来,症状渐轻至消失了。

凤,你的病人越来越多了。你声名远播,外地的人都来排号看病。你说,你只看三十个,一天三十个足矣。可是,高三的学生找到你,例外诊治。哭闹的小孩子来到你跟前你也破了规矩。

你说不用打广告,他们好了自然一传十,十传百,百传千,千传万,你擎着数钱吧!然而我没有帮你数钱。我结婚了,我有孩子了,孩子抱你那里看感冒,孩子都叫你"奶奶"了。

凤说,我的头发怕是真白了,想回也回不去了。我说,你的一根白头发代表你看好的一位病人,白发越多,看的病人就越多。凤说,那还是全白了好吧!

凤,几年下来,钱赚得不少了吧?

凤说,数钱的时间都没有。

凤,你怨我吗?

凤说,恨的时间都没有。

凤,你一个人孤独吗?

凤说,孤独的时间都没有。

最遥远的距离

秋菊把手搭在额前,公交车迟迟不来,天却下起了小雨。

这时,碰巧单位里的安华也过来等车。他擎着一把伞奔向秋菊,口中还带着责怪,下雨了怎能不带伞呢?看,头发都淋湿了,今天若不碰上我,有你受的。秋菊的头上瞬间有了一片无雨的天空。

安华年轻帅气,等车的间隙谈笑风生,每个动作每句话里都充满了阳光。秋菊总是淡淡的,轻声细语,不事张扬。很快,安华要等的车来了,临走时他把伞塞给秋菊,说自己一下车就到家了。秋菊把伞移了移,又给旁边的那个一直沉默的男士撑起了一片无雨的天空。他却固执地从伞下逃离,一副大义凛然、坚强不屈的样子。这时,他们要等的车也来了,秋菊笑着收起伞,与他一起上了车。

秋菊紧挨着他坐下,一会儿,她假装睡着了,轻轻靠在他肩上。他却把肩膀公然收走,还气愤地说,这么小的雨,至于吗?你们很熟是吧,他对谁都大献殷勤吗,像一对热恋中的情侣!秋菊在心里想,我倒希望我俩是许仙和白娘子呢!

公共汽车在雨中稳稳地穿过十字路口,秋菊眯着眼睛,她情愿车再慢一点,情愿这车也是人到中年,也有了中年危机。她给身边的男子发了一条短信:亲爱的,世界上最遥远的距离,不是生和死,是我站在你的身边,别人不知道我们是夫妻。下车的时候,他拉起秋菊的手,秋菊感觉以前的时光又回来了,以至于把伞都忘到了车上。

香椿芽与大白兔

每到这个时节,家里的香椿就香到了街上去。这么香,这么多的香椿,自己吃有啥意思?

妈妈说,明新,给你隔壁兰姨家送点香椿。回来时,兰姨会给你糖吃呢!明新问,有大白兔奶糖吗?妈妈说,一定有。

明新蹦蹦跳跳地来到兰姨家。明新推开兰姨虚掩的家门,就听到吧唧一声。明新只想着奶糖,见到什么也不觉惊奇。他的大大坐在兰姨家的椅子上,正要端起一杯茶。兰姨的脸却红了大半个。收下了他的香椿,她摸着明新的头说,好孩子,叫你妈来我家喝茶。喝茶?明新问,糖呢,大大,你们两个,嘴对嘴的,刚才是不是在抢大白兔吃?是啊是啊,小兔崽子,你早不来晚不来,偏等我们吃完了奶糖再来。听了大大的话,明新好一阵难过,眼泪吧嗒一声掉在地上,一溜烟跑了出去。

后来,明新再也没有给兰姨送过香椿,倒是大大给他买了很多糖吃。时间长了,他觉得大白兔奶糖的味道也不过如此,自己的牙齿还莫名其妙地黑了几个。

很多年后,大大的背已经驼了。他想抚一下儿子明新的头,聊一聊比方大白兔之类的话题,可是儿子明新也已经有儿子了。他瞬间觉得自己真的老了,站在那里,儿子像是一座山。

他只好抽出两根烟来,扔给明新一根,自己点上一根。后来,明新扔掉手里即将燃尽的烟头,告诉他,还是把兰姨接过来吧!她一个人守了这么多年,妈妈也走了这么多日子了。

空心的男人

"阿强,你看,我可以为你洗衣做饭,哪一点比不上她呀?"

阿强微微一笑,继续摆弄他的电脑。

我大喊:"难道我就不能为你生孩子,做你妻子?"

阿强耸一下肩:"亲爱的,两年前我选择你,只贪图你的美貌,没想到这个问题。可是现在,你不觉得我们两个太寂寞了吗?"

我看见阿强的电脑里显示出那个女人的样子,她的臀部突出,乳房丰满。显然,这完全异于两年前的审美了。

我问她:"那么大的臀部有什么好看?"

"生育芯片，懂吗？我在她的子宫里装了能量很大的生育芯片。她可以成为我的生育机器。"

阿强放下他的鼠标，转而拉开我衣服的拉链，从我心里掏出鲜红的情感芯片说："对不起，我想要合二为一的女人。"

"可是，你可以把生育芯片放在我的子宫里，让我也成为完整的女人。"

"两年了，亲爱的，我早已对你这张脸厌倦，我需要更年轻和新鲜的面孔。另外，我原本也没有设置这个系统，如何安装生育芯片呢？"

我痛不欲生，这太不公平了！我付出了两年的青春，而他说不要就不要了。我要看看他的情感芯片是不是黑的。当晚，当阿强进入熟睡时，我用尖刀打开了他的胸膛。

让我震惊的是，他的胸膛里面连心都没有。

齐眉刘海

做个齐眉刘海吧，又精神，又活泼，还显年轻。刚才他提了个建议。她苦笑，她已经到了浑欲不胜簪的年龄了。

两人开始找街两边的美发屋。果然，找了几家后她就泄气了，他们不是嫌她额头上的头发少，就是嫌她头顶的头发稀。

来到第三家。老板是个很利落的女人，说您这漂亮的脸型，动人的神采，我一下剪肯定还原一个更漂亮的美女。听见剪刀咔咔咔地响个不停，她就想起了年轻时的满头乌发。现在，这个熟

悉的声音又回来了。两人都很满意,正欲付钱,老板摆了摆手说,您的气质为本店又加了分,还得谢谢您呢,怎么会收钱呀?欢迎下次光临!

出门时,她看见地上零星的一点头发了,刚才那咔咔不停的剪切声原来是在安慰我吗?她心里顿时一片酸楚和失落……不禁喃喃问他:我……是不是老了?

他说:你应该问,我们是不是老了?难过什么呢?老天让咱们重新遇见,至少我们还有将来。

她摇摇头,十年踪迹十年心,何况容颜?

可是,我心里,你还是二十岁时的样子,那时你没有选我,是我半生的遗憾。

她更加伤感,一切都不能重返,我什么都没了,我还能给你什么?衰老,疾病,半世沧桑。

他摘下了他的头套,露出斑驳的头发,笑着说,你至少还有刘海,而我,除了这个秘密,也什么都没有了。

六条小鱼

她数了数盘子里的黄花鱼,金黄金黄的,一共六条。
你三条,我三条。她说着,把小鱼分成了两组。
吃吧,他说。还是那个滋味,香!你喜欢的。
不是了,那个滋味,呵呵,不一样了。她摇着头,低语。
怎么呢,哪里不一样了?他问。

那时的我们,你吃一条,我吃一条。现在呢,你家三条,我家也三条啊。

他也笑了。问,他好吗?

好。她把一条小鱼用筷子拢到跟前。问,那她好吗?

也好。孩子好吗?他又问。

好。她又把一条小鱼拢到自己跟前。你孩子也好吧?

也好。他说。

你为什么不问问它?她指着剩下的那条小鱼。

你为什么不问问我?他反问。

两人同时笑着,交换了剩下的小鱼,各自吃下。他说,我吃了你。她说,那我也把你吃了吧!

离开餐馆时,他们短暂地抱了一下,五味杂陈,短得来不及体会。仿佛一点点温度都在衣服的缝隙间溜掉了。只有小鱼,还是那个味道。

抱椿树

跟他在一起,我变得满面春风,谁也看不出,我昨天刚刚从一座婚姻的围城里走出来。

对面坐着的是海哥,那个看我从小女孩长成大姑娘的人。男人一到了成熟的年岁,个子的高矮似乎略略被抹去了。他不像几年前看起来那样扎眼,因身高与我的差距而扎眼。那时虚荣的我,怎么就看走了眼?

海哥说，我小时候一到立春那天就去抱椿树，边抱边跟娘学，椿树王，椿树王，你长粗，俺长长；你长粗了当梁使，俺长长了穿衣裳。可是到现在，你看，我长得还是不如一棵椿树。

我被他逗得水杯都靠不到唇上。晚上，我做了个梦，梦见自己变成了一棵椿树。海哥抱着我走啊走啊，前面出现了一条河。我说，海哥，我当桥，你踩过去！海哥说，傻妞，我背你，游过河去。

第二天，我就将梦境讲给海哥听。海哥哈哈大笑，笑声把一个分外成熟的男人演绎到极致。我想象着靠到他的肩上，说，我要当那棵椿树！海哥说，好！好！好！椿树王，椿树王，你长美，俺长长，你长美了嫁好汉，俺长长了养婆娘。他轻轻推开我，我立在那里，此时多么想变成一棵椿树啊！

乖，别呆了！你嫂子还在家等着我们回去呢！

我原本来拔这棵椿树的，可叹这树已成精。我的头摇得一定像风吹过后的小椿树。椿树王，椿树王，你有妻，俺无郎，你有娇娘颜如玉，俺无郎君愁断肠。我挥挥手，走得义无反顾。

魔　镜

看，一个背着镜子的美女！一走进大学校园，她就成了一道风景。

别人不知道她小时候的故事。那时，她有一双轻盈的小脚丫，喜欢跳啊跳啊跳的。可是所有的人，包括她的妈妈都说她很丑。这样丑的孩子，恐怕没有人喜欢她，还有这爱动的性格，恐怕

没有人消受得了。于是,她只在没人的时候跳舞,对着家里的一面镜子。跳着跳着,有一个孩子就会站出来拍手。

你从哪里来呀?她问。

我从镜子里来,我本来在睡觉的,是你的小脚丫吵醒了我,不过你跳得真不错。他托着小腮帮,看得如痴如醉。

听了小男孩的话,她跳起来更忘情了,她舞动着漂亮的衣裙,越来越美,渐渐就长大了。

那是魔镜!大学里的男友告诉她,我一定要见见他!

这天,她又跳起来了,忘了身边的人,忘了镜子。这时,小男孩禁不住出来拍手,真好,真好。

今天,她说,我把男朋友带来了。

真好,真好。

你为什么总是这两句呢?而且永远也长不大!你早就应该跟我一样大了!如果你跟我一样大,也许我就不用再找男朋友了!

真好,真好。小男孩托着小腮帮,看着他,如痴如醉。

最后她鼓足勇气说,我从丑小鸭变成白天鹅,都是你的魔力呀!昨天他跟我说,要将你高价卖出去,为了我们以后过得更好些。

真好,真好。

恍惚中,她看见小男孩跳啊跳啊跳的,哗啦一下,玻璃碎了一地。

我的镜子!谁打碎了我的镜子?是你吗?她冲着男友嚷。

男友说,疯了,你一定疯了,又叫又嚷又跳的,而且,哪有什么小男孩?你的镜子在墙上好好地挂着呢!

男人的伞

曲终人散,她从酒店出来的时候,外面下起了小雨。

现在,与她觥筹交错的人转眼都消失在了雨幕里。刚刚还与她暗送秋波的男人此时搭别人的车走了。与她姊妹相称的姐们开着自己的私家车急着往回飞奔。

回家的路程很短,只需要步行五分钟就到了。路灯坏了,除了她的高跟鞋敲击路面的声音就剩下细小的雨声。

很快,她发现一个男人紧跟在自己后面。他的步子急速,分明就是想追上她。她紧走几步,又不敢跑,生怕引起陌生男人的注意。最后,男人跟在了她的左后方,距离总是不近不远。她感觉男人的手在空中擎着,像是随时要落在她的脖子上,卡住她。她不敢侧过脸去看,想着只要他一动手她就反击。但是,五分钟的路程是多么漫长,她无法承受这种钻心的恐惧,忽然蹲在地上捂着脸大哭起来。

男人碰了碰她的肩膀,问,怎么了,你?神经啊?她猛地钻入他怀里,这个男人,竟然是她的丈夫。她这才发现,自己一直在无雨的天空下走着。

死人!她骂道,你为什么不说句话,吓死我?

男人说,我以为你认出我了呢!就是去接你,有什么好说的。

男人本来就不爱说话,所以他就是一个平凡的男人。

沉　鱼

秋日，温暖的阳光照在安静的海面上。

一条红鲤鱼来到岸上，无忧无虑地吐了几个水泡。她的鳞片在阳光下泛着点点夺目的红光。这光滑闪亮的红艳映入岸上一个身穿风衣的男子眼中。

男人温和地弯下腰，轻轻地对红鲤鱼说："你真快活，红鲤鱼！你要是我的妻子多好！我会把你变成妻子的。"

红鲤鱼听了他的话更加快活起来。人类的妻子是一个多么高尚的称谓呀！她将是丈夫的恋人，母亲，姐妹，朋友，老师。

他将如何把红鲤鱼变成妻子呢？鱼怀着甜蜜的心事沉下去。

第二天，她照样来到岸上晒太阳。那个男子正在岸边焦灼地行走。红鲤鱼吐了几个快活的水泡。男人很快发现了她。

"你果真来了，你能听懂我的话吗？你是一条多么美丽又富有灵性的鱼啊！我是个蹩脚的诗人，我可以为你朗诵我的诗歌吗？"

鱼不懂人类的诗歌。但她懂得他眼睛里海水一样纯净的光泽，懂得他孩子般善良纯真的心。

鱼的头脑简单。简单的头脑只能容纳简单的快乐。鱼咯咯地笑个不停。诗人的脸忽然变得沉郁："可爱的红鲤鱼，我能让你笑，也会让你哭呀！"

鱼无法理解诗人的话，鱼生来就是快乐的。鱼用鱼的思维考虑简单的问题。她每天上岸不再是透透气,晒晒太阳,她更喜欢听诗人动听的话语。那是甜美的海风,是世上最美丽的诗篇。

在岸上,诗人给红鲤鱼讲述了世间动人的故事,讲述自己的童年和母亲,讲述他死去的恋人和给他带来宿命的诗歌。红鲤鱼渐渐懂得了人类对爱情的信仰。爱情是幸福树上最甜蜜的果子,是狂风掀起的巨涛,是波涛平静后的安宁。

诗人说:诗歌就是她,是红鲤鱼纵身一跃的身姿,是她快活的摆尾,是她不经意间吐出的调皮的泡泡,是鱼的每一段简单的歌谣。

红鲤鱼就会写诗了。诗是她每天的沉落和浮起,是她每天上岸后的等待,是她鳞片上的太阳,是她每天醒来的第一个想念。红鲤鱼渐渐有了人类的心脏和大脑。她在夜里做了一个梦:只要有人为她写一千首诗,说一万句情话,她就能变成人类的妻子。她每天都在悄悄地默数诗人的情话。她相信总有一天她会变成他的妻子。

面对红鲤鱼,诗人写下了许多不朽的诗篇。诗人的名气渐渐大了起来。红鲤鱼惊喜地发现自己的身体在慢慢变重。有一天醒来,她发现自己有了一张美丽少女的脸庞。

诗人的眼睛深情地注视着她:"红鲤鱼,我水中的妻子,你那么沉静无言,为什么总是牵动我这颗已经破碎的心脏?你是异类,为什么我的爱情会在你身上浮现?天哪,谁来拯救我的这颗心?我以后不会常来了,你要学会一个人玩耍。"诗人说完就走开了。

红鲤鱼很伤心。每天的上岸已经成为不变的习惯。她默诵着诗人写下的诗篇,每一首都写给他水下的妻子。"我能让你笑,也能让你哭!"鱼渐渐流下了人类的泪水。水是咸的,但比海水甘甜。他的一千首诗和一万句情话不会再有了。红鲤鱼不会告诉他这个神秘的梦。鱼是哑女人。当她想永远地沉落海底时，诗人又回来了。

"红鲤鱼，你在吗？没有你的日子，我不知该怎样生活。红鲤鱼，你做我的妻子好吗？除了你没有人愿意听我朗诵诗歌，除了你，我不知道向谁倾诉我的寂寞。红鲤鱼，我水中的妻子，我回来了，你还接受一个忧伤的人吗？"

红鲤鱼快活地吐了几个水泡。她没有学会人类的恨，她的尾巴轻轻一摆，算是对归人的欢迎。他们又有了无比快活的日子。

红鲤鱼的眼睛忽闪忽闪，她要忽然变成一个人类的妻子给他一个惊喜。她要变成妖艳的女子，有着瘦瘦的腰肢和动人的步子。

可是，诗人再一次地离开了。他总是说走就走，从没有任何理由。几天后，他又迈着蹒跚的步子回来了。"红鲤鱼，我病了几天，在我高烧的日子里，我的心里全都是你那张美丽的脸。"这几天，红鲤鱼感觉是几年一样漫长。红鲤鱼又快活起来了。

之后，诗人再次离开了一段日子。"红鲤鱼，我的恩师病了，我一直跟他在一起。"红鲤鱼已经习惯了他的突然消失和突然来访。红鲤鱼已经不再快活地摇尾了。她的身体在变重，她知道，她在悄悄地变成一个人类的妻子。

一天上午，诗人迈着急匆匆的步子来了。

"红鲤鱼，你在吗？我昨天犯了一个大错误，昨天，我把我的爱给了一个女孩。她一直爱着我，她为我付出太多，可是我不爱她。但我不得不回报她，她会成为我陆地上的妻子。"这时，红鲤鱼正在进行她最痛苦最勇敢的裂变，她马上要变成一个人类的妻子了。她的伤口在流血，她的鳍也消失了，她有了一个少女最美丽的身体，但是她还没有长出四肢。她听了他的焦急的陈述，她就放弃自己的愿望了，她不需要四肢，也不会再有鱼类的尾巴和鳍。最让她痛苦的是她还不会说话。

"红鲤鱼，你知道什么是爱情吗？对于鱼类，爱情就是水；对于人类，爱情就是他的陆地。红鲤鱼，我水中的妻子，你是我最好的倾听者，是我诗歌的源泉。你用无数个夜晚在倾听我的声音，你用你的眼睛来安慰我孤独的心灵。可是你知道吗，那个女孩只需用一杯美酒，一个简单的心计，一个身体就俘虏了我的一生。红鲤鱼，你的头脑为什么那么简单？我为你写下了那么多诗篇，你为什么从没有回答我，没有回报我的爱？"

红鲤鱼吞咽着她的眼泪，爱情的泪水，它是甜的。她才知道人是需要两个妻子的：陆地上的妻子和水中的妻子。而他说过会让她变成他的妻子。如何变成人类的妻子，她想到了裂变，而他只想把她放在梦里，放在诗歌里，放在回忆里。这就是人类的爱情吗？

红鲤鱼最后看了一眼诗人，她不会说再见，她已经没有时间再吐一个水泡就沉了下去。在海底，就有了一种奇怪的鱼。她有着人类的身体和脸庞，她吐着无穷的泡泡，有人说，那是在朗诵人类的诗篇。那些诗篇都浸在水里，每一个句子都跟随着水泡消失。

女 鬼

1

在年轻医生李牧看来,任何一个女人的笑容背后,都站着一个女鬼。

而陈露,这个刚过二十岁的小姑娘的惨然一笑,让他的心仿佛被什么揪了一下。

陈露的脸色苍白,一绺头发垂到前面来。李牧又看了她一眼,那感觉就像看自己失散多年的妹妹。其实,李牧哪有妹妹呀,不过他对她有一种极其亲近的感觉。

陈露的心脏手术是一个极大极大的冒险。李牧没有信心,他一直在考虑这种冒险值不值得。陈露的家庭很难负担昂贵的手术费,好心的网友众筹了三分之一,还有一部分等待她的父母去筹借。

晚上,李牧躺在床上辗转反侧,陈露苍白的脸又在黑暗里呈现。她用一根简单的头绳将满头黑发束起来,松松垮垮的样子,几乎静成了一幅油画。那一绺头发总是调皮地跑到前面来,一跑过来她就往后抹,重新夹到耳朵后面去。这是她身上最为活泼的一处亮色。

李牧眼前的女孩,面对着人生路上艰难的抉择,是生,还是死?这取决于他的医术,也取决于生命的奇迹。他正想闭上眼睛,又觉窗帘动了一下,一个窈窕的黑影从窗帘后面走出来。

你又来干什么？你到底是谁？

黑影并没有说话,她的头发遮挡住了整张脸。

你引我到哪里去？难道又是楼顶？我不去！我不去！

可是李牧还是披衣下床,不自觉地尾随着长发黑影,一层一层来到楼顶。李牧往下看,城市的夜晚亮如白昼,要比白天看到的东西更多。往常,他总是开着车看到视力所及的景物,换一个角度,所有的一切看起来那么微不足道。

那个黑影站在楼顶的边沿,微微张开双臂,直到完全舒展开四肢,向后仰去。她跳了。李牧知道,她是一个恶鬼,一直引诱他从高空跳下去。李牧一直在用内心的定力来对抗她。大概每一个跳楼的人,都有一个幽灵在诱惑他。她是谁,从哪里来,李牧不得而知。他们的前生会有什么样的宿孽？李牧猜想,他也必然以跳楼结束自己的一生。可是又不甘心啊。阳光那么明媚,空气那么清新。生命正如早晨沾着露水的青草。他又是多么出色的一个心脏外科医生,他的梦想,都在无影灯下完成了。在他的手术刀下,有多少濒临死亡的人找到了新生。

2

李牧自小长得唇红齿白,人又聪明伶俐,过目不忘。只是有一天生病之后,他指着墙上的一张女明星画说,姐姐下来了,对着我笑呢！李牧的妈妈回头一看,那个女明星明明在墙上,跟往常一样,戴着一个宽边的遮阳帽,只露出了一半的脸。她确实在对着人笑。虽然只有半边脸,但笑靥如花,让人一看便醉了。可是在小小的李牧眼里,她的眼波是流转的,她的酒窝是动的,她的

整个人也走下来，坐在李牧的床前，看着他。她是笑的，李牧却吓哭了。

李牧的妈妈将那张画撕下来，当场就烧成了灰烬。可是之后，李牧看见女人的笑容就感到非常害怕，因为在每一个笑容之后，总有一个黑暗的影子站在后面。李牧看不清那个身影的面容，但是，只要有笑容出现，黑影就幻化成了那个笑容的样子。她进入谁的肉体，她就成为谁的形象。李牧于是从不敢看见人的笑容，尤其是任何一个女人的笑容。这是一个什么样的女鬼？李牧猜测一定是个嫉妒的女人死后化成的。

李牧从小到大，身边总有漂亮的女孩。她们为了博得李牧的欢心，总是用尽各种媚态，献出她们的笑容。每每这个时候，那个黑影子就站在女孩的身后，让李牧惊惧地出汗乃至快速逃走。整个上学期间，黑影总是在夜里出现在他的面前。

3

李牧没有交女朋友。有人甚至怀疑他跟那个跳楼的男明星一样，不喜欢女人。见到陈露的第一眼，他就有种特殊的感觉。他看陈露的时候，那个黑影并没有站在后面。李牧对陈露的身体完全失去了自信。她这样的身体，连鬼都不屑于嫉妒了。陈露的身体单薄得像一张白纸。如果有一阵风，或者夜里那个女鬼掀动窗帘的风几乎就能把她吹跑了。

她的身体容不下犹豫！是必须做手术的。

李牧在电脑前恍惚了一下，忽然感觉电脑里出现了一个女子向他微笑。他猛地一惊，站了起来，却发现护士小梅站在了后面。

李牧说,你是不是要吓死我?你想怎么样?

小梅怔了怔,其实李牧把她吓了一跳。她已经跟李牧说了两句话了,而李牧好像才从另一个世界里出来。李牧知道那个影子从小到大都跟着他,只要有向他微笑的女孩,他的魂就会因惊惧游离于身体之外。

什么事?李牧问小梅。

是病人陈露的父母回来了,他们带来的钱不够手术的费用。院长说,我们医院不是慈善机构,没钱是不行的。怎么办,李主任?

还差多少?

五万。

哦,我知道了。

李牧从包里拿出一个大信封,交给小梅护士。说是一个好心人拿出来的,他不愿意透露姓名。

是您的钱?小梅问。

不是的,不用问,交了钱,准备手术!

4

下班后,李牧去超市买熟食。路过化妆品专柜时,他瞥了一眼,看见一个小巧的水钻发夹。他忽然想起了陈露,她多像他心底最柔软的那块肉,动一下,又动一下。无论如何,他第一次为一个女孩动心,尽管这个女孩那样孱弱。他自己也在怀疑,难道仅仅是因为,她是不会笑的女孩?她的笑,那样苍白无力,连鬼都远离呢!

他买下了那个发夹,又想一想,买了两个,却不知道如何交

给她。一个医生送给一个病人发夹？难道要把病人约出去？还是要当着病房里其他人的面送给她？他还没想出办法，管他呢！

出了超市，在门口，一位老人目光如炬，盯住他。

小伙子，你的身上有阴气，一定注意身体，不要接近一些污浊的东西。李牧正是需要这样的人来驱逐跟随他的女鬼。他停下来，任凭老人将他拉到一边。

老人穿着布鞋，脚踩在李牧的脚面上。李牧只觉得老人脚底的柔软，却不觉得疼痛。老人摇摇头说，嗯，阴气已入骨髓，遗憾遗憾，老朽不才，回天无力，回天无力啊，只看你的造化了。

李牧横下一颗心，他对将来早已看破，自己从小见过不少巫医，都没有解除他身上的魔咒，好像是与生俱来的东西，无法改变。那个女鬼就这样不离不弃地跟着他，借别人的笑而笑，既要表达自己的内心，又要赶走一切女人。即便这样，他也要把这份对生命的留恋延续下来。陈露，我一定要你健康地活下去。陈露，为什么我看见你，心就收紧了？

第二天，小梅来他办公室的时候，他若无其事地递给了小梅两个发夹。李牧撒谎说，有个老人很可怜，非要让他买下来，他只好买了，又用不上，倒不如送人。小梅低头一笑，李牧并没察觉她笑，却看见那个黑影又出现在后面。嫉妒的女人！不，女鬼！见不得任何女人的笑脸！

5

李牧去查房的时候，发现陈露的头上戴了那个晶亮的发夹。他不知道小梅如何洞察了他的心思。他苦笑着摇头，自己是没有什么希望的，但陈露的生命要鲜活起来，要继续下去。

陈露的父亲是个花匠，培育的牡丹极为出名。在手术之前，他送给李牧一盆黑牡丹。他听说李牧不苟言笑，也从不喜欢与女子嬉笑聊天，正不知送什么颜色的好，想来花红柳绿他都不喜欢，就抱了一盆黑牡丹来。

李牧又苦笑了一下。这黑牡丹正好放在卧室的窗台上，当黑影子出现的时候，还与她做个伴。这么多年了，他也淡漠了，他觉得黑影可以做黑暗里的朋友了。但是在白天，她会变得很讨厌。她干扰了他阳光下的生活。

这天晚上，李牧觉得这是他最后一个在人间的夜晚。他实在无法忍受这样地活着。他活在阴暗里，活在一个天大的秘密里，活在恐惧里，活在没有爱的暗夜里。那个无耻的黑影继续出现，李牧与她交谈，她却又往外走。

不要走！李牧说，过了今晚，我就跟你回去。我要把这个手术做好。听了他的话，黑影摇摇头，转身消失了。李牧开始清理自己的东西，他的积蓄已经交给小梅，给陈露交了手术费。他的父母早已不在人世，他真是一个孤独且了无牵挂的人。他活着，或者死了又有什么区别？

6

陈露被推进去的时候，她的父母抓住李牧的胳膊，几乎要跪下来求他，一定要救救孩子。真的要进手术室了，他们惊慌害怕再也见不到女儿。

李牧说，我还你们一个鲜活的生命，还给你们，你们能相信我吗？他说完的时候，自己的心很疼，眼泪落下来。他没有把握让手术成功，但只知道过了今天他要离开这个光明的世界了。

时间过了一个小时又一个小时,在外面是一种煎熬,在手术室里,李牧的汗水湿了衣裳。这是他最后一个手术,也是最心痛又欢喜的一个手术,因为结果比预先估计的情况好,手术成功了!

　　陈露的清醒,他等不及了。晚上,他与那个黑影要赴一场死亡的约会。李牧的心从来没有这样轻松,他要去解开那个谜。为什么她一直跟着李牧,为什么她不让他见到女人的微笑。他是她的吗?不是,他们不是一个世界的人,为什么要苦苦纠缠他?过去的事情为什么一直纠结?

　　李牧见过人跳楼后的场景,那真是一场粉身碎骨,惨不忍睹。骨头与大地撞击而碎裂的声音,那令人作呕的肢体分离而连着一丝皮肉的现场,他记忆犹新。他也要制造这样的恐怖给人看吗?这不是他的初衷,却是他的宿命。

　　这一次李牧看到黑影戴着一顶宽边的太阳帽,犹犹豫豫,像以往一样走到楼顶的边沿。舒展四肢,身体向后一仰,像黑夜里飘落的一件斗篷,飘了下去。李牧紧跟在她的后面,他脑子里突然灵光一闪——难道她就是那个明星姐姐?对啊,她就是在妈妈撕碎她的画像不久,因为恋爱失败跳楼死亡的。明星姐姐在怪我吗?不,不会。也可能我前世负了她,我这辈子来偿还。无论怎样,错过的就一定要弥补,我欠她的一定亲自去了结。李牧愧疚地闭上了眼睛,然后他听见自己的身体啪的一声坠落,碎裂,却没有感到一丝疼痛。他感觉他的灵魂飞起来了,飘着飘着,像是有人在底下托举,那么轻盈,那么柔软,又像重新回到母亲的怀里。啊,他告别了那个有花有草,有阳光有空气的世界。他看见那个黑影向远方飘走了,自己尾随着她,却怎么也追不上。最后,黑影消失在夜幕里,他再也不知道去哪里追赶她。

7

　　李牧睁开眼的时候，阳光已经透过窗帘照进了他大大的卧室。难道我还活着？他快速地走进窗台，却发现楼下的黑牡丹碎了一地。那么，他没有死？他听到的声音，是花盆碎裂的声音。那盛开的黑牡丹已经被路人践踏，代替他完成了一场死亡的预约。

　　他回到镜子跟前，对着镜子笑了一下，镜子里并没有那个黑影的存在。

　　他没有开车上班，而是坐了公交车。他对着每个女孩微笑，女孩也对他报之以微笑。女孩的身后，没有黑影子。

　　他来到医院，对着护士小梅微笑，小梅也对着他微笑。小梅的后面，没有黑影子。

　　凡是在医院里遇见的人，他都对着人微笑，所有的人也像一面镜子，对着他微笑。

　　李牧来到病房，陈露已经苏醒过来。李牧什么也没说，只对着她微笑，打了胜利的手势。陈露也微笑了一下，那个晶亮的发夹闪闪发光，照着李牧雪白整齐的牙齿。

低头的温柔

　　伟民将酒斟满，吱一声喝了一个，又吱一声喝了春花那个。这春花，俊是俊，可是爱吊脸子，但吊就吊，反正咱喜欢。

春花不拿筷子,却低头弄起十字绣来。伟民左手夹菜,念叨着,老娘们家的,一辈子不干精细活儿,快老了却拿针线了。

他过来搂她的脖颈。她啊一声挣开了,手还下意识摸摸自己的颈子。他从口袋里拿出一根金灿灿的项链,要给她戴上。

春花抓过项链来问贵不贵。

便宜,小一百块,还两根,那根给刘寡妇了。说完他嘿嘿一笑。

你回来一个子儿没挣到,还买项链不当吃不当喝的,还那么不要脸,没正行。

他把钱袋扔到春花绣着的枕头上。嘿嘿,都是骗你的!

春花一把抱过来,厚厚两捆,掂了掂,进卧室拿弹簧秤去了。

她要教训这个老犊子。这哪来的,不干净的钱不能要!

伟民低头看手机,春花走到他跟前,看见手机上有一片水雾,吓了一跳。她说我不干刷漆吊顶的活了,因为上回晕倒了摔下来。医生说长期仰着头,脊椎严重变形,压迫神经,只能做点十字绣之类的活计。我没告诉你,是怕你干活时分心。

春花还要说,被伟民拉过来。伟民伸出右手,食指和中指各少了一节。春花吓得变了脸色:手指头呢,你手指头呢?

现在,伟民问她,知道这钱是怎么来的了吧!这是人家赔的钱,孩子上大学够了吧!

够了,够了。春花把手机反扣在桌上,手机已经全被泪水打湿了。

奶　桃

"人间四月芳菲尽,山寺桃花始盛开。"太阳将出未出,一女子坐在石头上,背临繁花似锦的桃树,临溪梳头。她的长发像黑色的锦缎,又似在奶中浸过。

一片桃花落下来,顺溪水而去。桃花流经的地方,正有一白面书生作画。他痴痴远望,手中画笔落在地上,宣纸,如雪花一样洁白。

不远处,女子的长发垂下来,桃木梳在玉手中起起落落,引得蝴蝶翩翩飞舞。有一只白色的蝴蝶始终跟着木梳,木梳到哪,白色的精灵就飞到哪里。

书生恍然,提笔作画,美人面若桃花,如在目前。形神具备,只欠那只翻飞的白蝴蝶。待他眯起眼睛,细看蝴蝶娇态,眨眼之间,女子与蝴蝶竟皆不见。

书生怅然,快步向前走去,太阳出来,光芒万丈,遂坐在女子刚才坐的巨石上,恍如隔世。这时,一老者路过,看书生痴痴望着满树繁花,遂给他讲了这棵桃树的故事。传说很久以前,有一位美妇人每日将哺乳剩下的奶水倒入半碗至桃树下,到了秋天,桃子又肥又美,汁水甘甜。被奶水喂大的桃树年年如此,果子越结越多,美妇人却再也没有来过。

书生问道,她为什么走这么远来浇这棵桃树?老者说,多年前,这里埋下一个夭折的婴儿。书生又问起刚才的长发女子,老

者说,我生活了八十八岁,从未见哪个女子在野外临溪梳头。

书生痴痴等到秋天,再未见长发女子。西风独凉,黄叶漫天,书生双手托举着硕大的奶桃,不曾作画,也不忍下口。

凤　仪

凤仪老人于本月八日夜在床榻上沉睡而去,无疾而终,享年一百一十三岁。

死后,她来到判官面前质问判官:"凤仪一生辛苦劳作,家族兴旺,为何将我打入地狱?"

判官低头翻了凤仪生前卷宗问她:"大胆于凤仪,天生反骨,天堂岂能容你?"

凤仪不服。判官一条一条反问凤仪:"于凤仪,你在七岁时拒绝裹脚,逃离父母,可有此事?"

凤仪点头,继而又说:"后来,孙中山先生不是明令禁止缠足陋习吗?"

判官说:"此一时,彼一时,当时,你违背父母已经记录在案,白纸黑字,岂能抵赖?"

判官继续问:"因为大脚,你二十岁才找到马秀才,结果三年未孕。不孝有三,无后为大。可是事实?"凤仪再次点头。

"马秀才一纸休书,将你赶出家门,之后你被张屠户强抢入家中做了小妾。你天生大脚受人歧视,最后不堪张屠夫暴力凌辱,逃出家门,可是事实?"

凤仪继续点头。

"作为女子,你婚后有违夫权,可是事实?"

凤仪点头又摇头。

"可是,我逃出后黄河决口,冲毁田园庄稼,我流落异乡,一路收养弃儿五个,凭了一双大脚,养活了五个孩子,至死未嫁,如今我家上上下下一百多人口,父慈子孝,夫妻和睦,哪个不称道羡慕?"

"本官素来是非明断,赏罚分明,你却不知,通往天堂的路,要经过地狱的入口,你不在地狱走一遭,如何升入天堂?"

凤仪颔首致谢,在去往天堂的路上,她变作一只美丽的凤凰。

闲　泉

书生掬了一把清泉,咕咚咕咚,喝了个够。好水,好山,好景致啊!

他倚靠一棵大树,正欲拿出诗书温习,却又怕辜负了这山涧美景,索性深吸一口气,闭上眼睛,神游万极。

"公子,公子。"

一妙龄女子轻轻推醒沉醉的书生,说:"这盛钱的褡裢可是你的,这要是让坏人捡了去,你如何去应考,博取功名?"

书生接过褡裢,伸手摸了一下,又快速把手拿出。

"银两可足?"

书生点点头。"正是在下所丢之物。"

"小生偶遇小姐，实乃三生有幸，若非您及时相助，定然误了大事。敢问小姐芳名，家居何方，择日一定登门拜访。"

女子嘻嘻一笑说："我本不是人，乃是你身后洞穴内一只千年美狐。"说完往树后隐去，没了踪影。书生转到树的后面，那女子窈窈窕窕，正立于树后与书生迷藏。

"这世间哪有什么异类，万物皆灵，小姐纵然是狐，小生也愿常伴左右，那些功名，不要也罢！"

"此言当真？"

"若有一句虚言，冬雷震震，夏雨雪，天地合。"

遂成夫妻。

第二日一早醒来，书生自觉身在京城，不几日，状元及第，重返山中寻访。前几日所在之山泉犹在，只是树后山洞已无，唯见山石上刻"闲泉"二字。乃是新婚之夜，书生挥毫大书在宣纸上的"闲泉"名字。

电话的另一端

妻子从医生的办公室跑出去，边哭边来到医院后面的公园。

她坐在无人的灌木丛一角，任小小的荆棘挂在她的裤角上，然后从包里习惯性地拿出手机。我看见她拨打了熟悉的号码，那一组数字是我的。

"你在听吗？"

"我在,倩。"我说。

"医生说你身体原本很健康,可是……"她又哭了起来。

"我不能陪你和孩子了!还有娘!"我也想哭,却没有泪水。

"娘说,你要是捐了眼睛就找不到回家的路,捐了肾,身体会觉得冷!"

我喝令她:"这次你要听我的!咱不听娘的!"我想摔掉手机,笨女人,医院给的那笔钱可以给娘养老,供孩子上学,你也少了艰辛不是?要不,带着那笔钱,再嫁个人!

"不、不,我跟娘是一样的,我要你完整,死后也要完整!咱不捐,不捐!"她只是哭,哭一阵又对着手机讲。医生给她的文件,她不忍心签字,只好来这里哭一场。哭够了,她将她的手机与我的手机放在一块儿,装在包里,回去了。

蠢女人,笨女人!一定要签字!一定要签字!我紧紧地跟着她,大声喊着,她怎么能听见我呢?我已经不是那个世界的人了。

都是苹果惹的祸

高三是最没有爱情免疫力的。

我的同桌是个山里来的俊男孩,好像总有吃不完的苹果。

换了座次的第一节课,他悄悄碰了我一下。我低头一看,呀!一个鲜艳的红苹果!那是我的最爱,那时我也特馋。下课后,我就迫不及待、旁若无人地大口吞掉了它。

当然,能吃到山里苹果的还有一个女孩,她坐在同桌的左

边，并且是我的好友。她从不在教室里啃苹果，我常常见她将苹果放在枕边，也许闻着苹果的香味能增进睡眠吧！

同桌很腼腆，他和那个女孩苹果的活动都是在课上悄悄进行的。后来就常见他们两人凑在一起学习。他给她讲数学，她为他辅导英语，好不默契。我继续吃我的苹果，又甜又滋润。

忽然有一段时间，同桌不给苹果吃了，好友的眼圈也红红的。我当时忙于复习功课，闲暇时又编造些小说向一些刊物投稿，没心没肺的，不知道他们已经滑入了爱情的沟底。一天晚上，好友拉着我跑到操场疯转。她不说话，只是一个劲地哭。我猜来猜去问不出一句话。她哭完了，累了，我们就回去了。

在最关键的复习期间，好友的成绩一落千丈，最终没有挤过高考的独木桥。之后的她又是一场大哭。知道了事情的原委，我用高三的唯一一次稿费给她买了苹果。她的善良而多情让那个男孩胆怯了。他原本是贿赂她帮忙学英语的。

都是苹果惹的祸。整个下午，我们两个都在不停地啃苹果。我说，你见不得别人对你好，要多吃苹果增强爱情免疫力。她扑哧一声笑了。她复习了一年后考上了一所名牌大学，现在已经是个女博士了。

始 龇

青杏怎么也没想到，这次跟凯哥出去的时候硌了牙。

在饭桌上，一个小骨头让她啊地叫出了声。回到宾馆，凯哥笑着说,没事吧,回去让你男人陪你去拔了,再镶上一颗好牙。不过嘛,他坏笑道,想到以后要吻到一颗假牙我就感到有点……

青杏突然感到很厌恶。那晚,凯哥的舌头也根本没有闲下来。青杏原先在车间里干活,后来意外认识了厂长胡凯,之后她就顺理成章进了办公楼,跟领导出入各种社交场合。青杏跟他有了第一次后竟然慢慢喜欢上了这个年轻有为的民营企业家。

回家后,看着青杏渐渐鼓起的腮帮,做教师的丈夫说,这也叫"始龀",就是到了二次换牙的年龄了。咱们女儿掉第一颗乳牙,是告别了儿童时代,现在你换牙是完全告别了青涩,进入了成熟的年龄。这个年龄的女人最美了。

躺在牙椅上,青杏紧张得一直抓着丈夫的手。医生说,拔下来了。牙齿恰好落在青杏的嘴唇上,竟然还泛着温热的体温。青杏厌恶地看了一眼,像是看到不堪入目的过去。

回到厂里之后,青杏又去了车间,冬天刮进透骨的冷风,夏天淌一身大汗。

嗨,兄弟

那时候,他的朋友来我家。他喊一声"兄弟",朋友就跑到他跟前一次。他再喊一次,朋友就再跑到他跟前一次。朋友后来就急了,你有什么话就说呀,干吗吞吞吐吐的,像个女人!他指着我说,我叫的"兄弟"是她!

高中时代,我和他就拍肩膀称"兄弟"了。以至于我们成了夫妻,他还爱这样叫我。

那天下班以后,他一拐一拐地爬上楼。我说怎么了,他就扶着我的肩膀用一只好脚跳进来。我扶他坐在沙发上,看他的扭伤的右脚。脚面肿起来很高,我按一下,他说不疼。奇怪,他又把左脚伸过来对比。原来两只脚是一样的。不知道他什么时候偷偷长了那么多肉。

他的脚似乎伤得并不厉害。我不让他乱动,他反而夸张地一跛一跛去洗菜,做菜。往常他并没有那样的勤快,我反而觉得他是故意做做样子让我看。我说你别显摆了,坐下好好养着吧,他无比高兴并心安理得地拿起了遥控器。

第二天我开始学他走路。只是我走的速度要比他快,他在我后面咬牙切齿,说若是他的脚好了,要用他的脚踢我。

可是后来,有个叫"冲动"的魔鬼,让我们劳燕分飞。以后我听见有谁喊一声"嗨!兄弟",我就四下里望望,看是不是有人在叫我,猜想会不会是他在叫我。

似花还似非花

此时,一些杨花飘进窗户,待花飞近,女孩用手一抓,攥入掌心。还有一些零零落落的飞絮沿着弯弯绕绕的路径,栖在她的睫毛上,恍惚间迷了眼睛。她用已经脏了的手指揉眼睛,揉啊揉啊……似乎那些飞絮无穷无尽,在眼角生根。反正课堂上那些东西从来都是天书,这样揉啊揉的倒多了一件事做,要不,还能做些什么呢?

女孩不是傻,不是笨。只是像她这个年龄的女孩,若用数字做尺码来丈量人的心眼儿,普通女孩十个的话,她也不过只有五个。幸亏她的容貌好,倒还有几个男生课下来跟她搭讪。那些学习好的骄傲的女生们是不屑于跟她交往的,那些跟她一样学习不好的女生也是不屑于搭理她的,当然是因为她除了学习不好之外,还缺几个正常人的心眼儿。可能还有一个重要的原因是她比普通女孩都好看。那几个搭讪的男生,哪里是搭讪,都是逗她笑也逗众人笑的坏小子。她很知趣,别人需要什么,她便满足什么。她笑起来很傻,吃吃地。笑到极处,那几个小子,或者拍她的肩膀,或者干脆一手揽过她的脖子狎昵。每当这时,女孩的同桌,一个穿着雪白衬衫的大男孩就站起来大声斥责:做什么!你们!滚回去!

他的个子已经越过一米八了,虽然是优等生,但还是坐到了最后一排,与这个傻女孩迁就地坐在一起。除了吃吃地笑,女孩似乎没有了任何表情,她看任何人或者任何事物的时候,好像什么都没有映入她的眼里,所以看到了也好像没有看到。她是没有心的,他常这样去想。作为同桌,他有更多的机会用眼睛定定地看着她,但她总是迷迷茫茫,痴痴傻傻。他真想看到她娇嗔的样子,愤怒的样子,欢喜的样子,还有眼神里闪闪烁烁的波光,可是这些都没有。如果不是不食人间烟火,那她就是来自另一个星球,他总是这样想。

她好像只有一个小小的爱好,那就是一到课间和晚自习后就下楼去买雪糕。她不断更换着雪糕的牌子,甜甜的香味总是绵绵不断地从她的身上传过来,以至于她不吃雪糕的时候,他也能从她身上闻到一股芳香。他喜欢这种甜香却不喜欢她吃雪糕的时候被几个男生调笑的样子。她不会说话,但她不是哑巴,她只

是不知道该跟人说些什么。她只用她空蒙的双眼偶尔瞟一下众人就吃吃地笑。他暗自摇头,上帝造人是公平的,她这样的傻,却有了这样一个美丽的外壳,一个空壳子。空壳子,这三个字在他心里萦绕,非常郁闷。

这天晚自习后,女孩一边吃着雪糕一边来到一个角落,她想一个人静静地享受她的美味。她没有注意,她的身后有四个坏小子——即使她注意到了也没有什么用处,她是没心没肺的傻女孩。很快,四个人把她围在墙角。他们你一言我一语地说,女孩吃吃的笑声又从暗夜里传来。女孩对面的坏小子脱下了自己的上衣,说,乖啊,天这么冷,穿上哥哥的外套吧!他给女孩裹上了衣服,假借系扣子的时机,他的手向女孩的胸部探进去。女孩开始尖叫,另一个小子转到他的身后说,快!快!我帮你脱掉裤子吧!两边的小子怪叫着,吹着口哨。

这时,他从暗夜里提着一根棍子冲过来。两边的小子像鸟兽一样散开。剩下的两个人,一个想夺过他的棍子,另一个已经在后背上挨了几棍。他又转而向另一个人砸去。他其实很少在校园里发飙,他也从来不会打架,跟女生单独说话,他还会羞涩地脸红。只是这一次,他被学校记了处分,原先被市重点高中提前录取的名额也被取消了。

那有什么关系?他想,他可以自己去考的。离校的那天,女孩的手里提着两块雪糕,白色的包装纸上泛着奶油的香味。他叫不出那个牌子,他不喜欢,他也不知道女孩喜欢哪个牌子,她总是换来换去。女孩递给了他一支,女孩从来不敢跟人说话,现在也是。他接过雪糕,用了全身的力气往垃圾池里掷去。他没有看她,低着头走出教室。他跨上车子,一手扶把,一手擦眼里飞出的泪花,哭得像一个受了委屈的女孩子。

满天都是棉花糖

男人推着她出来晒太阳,顽皮的儿子在草地上疯跑着,追赶漫天飞舞的杨花。

"妈妈,看,满天都是棉花糖!"

她和丈夫都笑了。丈夫开始与孩子玩闹,渐渐地从她视线里变小了。

一片杨花落在她的睫毛上,她揉了揉干涩的眼睛,思绪随着飞舞的杨花来到几年前。

那时刚上高中,有个很好看的电影叫《泰坦尼克号》。她喜欢坐在他的摩托车上,模仿幸福的女主人公,张开胳膊假装飞翔。她以为自己真的飞起来了,闭上眼睛享受青春带给他们的疯狂。有时,她手里拿着蓬蓬的棉花糖,车子飞快,糖的碎羽一路飘洒,美美的,她禁不住往后看,陶醉在粉红色的暖阳里。当初,他羞涩地将一个大大的毛茸茸的狗熊拦在她面前,她就舔着她的棉花糖与他在校园里出双入对了。

不幸竟在瞬间发生。当她完全醒来时,才知道摩托车栽到桥底下,她已失去了双腿。他呢?她疯狂地问家人。家人说,他死了,你再也见不到他了。而实际上,在她醒来之前,两家早就展开了一场官司。男方家里赔了一部分钱后,男孩就在这个狭小的空间里蒸发了……

有个卖棉花糖的老人慢悠悠地走过来。她买了两个,招呼着

他们父子。

儿子接过棉花糖,递给爸爸,又从妈妈手里接过自己的,问妈妈:"妈妈,你不喜欢棉花糖吗?"

她看着自己的丈夫说:"喜欢呀,我跟你爸爸吃一份儿就行啦!"

邻居的耳朵

金金是我邻居。小时候,我俩穿一样的衣服,大人们都说,金金看起来更好看。后来我买了好看的衣裳从来不告诉金金买衣裳的地方。金金说,我穿一下行吗,就试一下?

看到她可怜巴巴的样子,我就不忍心了。她穿上之后,妈妈和杨姨就说,还是金金穿起来更得体更漂亮。我不服气,说,金金,你脖子里有一只黑虫子。金金说,不过是一粒黑芝麻嘛。哼!明明是颗大痣,偏要美化自己。如果这颗痣在嘴角,她一定会说嘴角也沾了一粒芝麻。要是这颗痣长在掌心呢?她一定说掌心里攥了黑珍珠喽!哈哈!要是那样,我一定得说,金金,看!你捡了芝麻,丢了西瓜啦!

金金有一头很浓密的黑发。她习惯于把右侧头发拢到耳根后面,露出右边的耳朵。最要命的是,她的耳垂上吊着一只大耳环,一不小心就让人想起貂蝉的"玲珑耳,碧玉环"。简直是光鲜夺目,动感十足。艳羡之余,我就动了心思,她左耳为什么不戴上大耳环呢?于是,我恶作剧般从后面蒙住她的眼睛。我装作放开手的时候顺便往后探下去。

我不敢再重新来一次。金金原来有个秘密！

金金说，只有一只耳朵，是不是应该把那一只打扮得更漂亮一些呢？

小欣的远方

这个林荫道，时不时见一对男女靠在树干后面，缠缠绵绵。

小欣使劲往后拉他的手，示意他停下。

怎么了，小心肝？他问。

你蹲下！背我！小欣嘟着嘴唇。

他看了看四周说，别胡闹！

这又不是你的地盘，怕什么？

他昂着头，斜睨着眼睛看小欣，仿佛从来不认识她的样子。

小欣执拗地待在那里，不走，也不抬头看那双冷冷的眼睛。他和她僵持了很久，最后，他还是选了一个舒适的地方，让小欣站在高处，他略微弯了一下腰，小欣便轻捷地跳了上去。几乎同时，她听见了他腰里的响声，让她想起年久失修的门，吱呀，吱呀。

小欣勾住他的脖子，屏着气，怕一不小心就把他压垮了。她真后悔这会儿的任性。他的白头发，从这个角度来看，像一片白色的森林。这片白森林一不小心刺伤了小欣的眼睛。难怪，他总说人生短暂，而小欣却认为人生是一条很长很远的路，永远看不

到尽头。

小欣要下来，可是他偏不，一直到宾馆门口，许多人投来好奇的眼光时，他才将小欣放下。

看，我还能背你走很远的路，别以为我老了。

小欣满意地拉着他的手，另一只手擦去他额头上的汗。之后，两人双双走进了他们的房间。

回去后，小欣再也没找过他。他终归不是小欣的远方，小欣要去找她远方的路了。

错过季节的石榴花

我记得多年前那一棵老石榴树，一到夏天就红红火火地挂满天空，有些像我母亲现在新染的红头发。

有一年，夏天过后，树上像往年一样缀满了石榴，一阵风吹过，石榴就像小铜铃奏出美妙的音乐。奇怪的是，铜铃之中忽然有了一位穿红裙子的小姑娘——不知道什么时候，一朵迟来的小花悄然开放。母亲常说，到了中秋节，石榴才可以摘。现在中秋节将至，这朵小花还能结果吗？每天放学后我都要看上一眼，从绽开到褪尽衣衫，一直到它腹部的隆起，之后一只小石榴拱出了肚脐。每天我都要目测它的尺寸，长了多少，能不能在西风扫落枯叶之前长大成熟。

那时，我父亲在城里跟人一起做小生意，回来时家里常常宾客盈门。他有一次为了讨得一个小男孩或者小男孩妈妈的欢喜随手摘下了我的那一只迟来的石榴,嘴里还说着,你来得晚,注定长不成了。放学后我气愤、失落不已,我多少次在心里默默为它加油,但此刻一切都化为了泡影,我恨死了那个小男孩。

大学毕业后我来到了父亲现在的公司。现在,他的公司与他都很有出息了。而母亲,她从一个农妇变为真正的有钱的贵妇了。她的头发染了再染,但颜色无论换得多快,都没有老父跟前的石榴裙换得殷勤。我一直以来都在寻找真正的爱情,从心里做着爱情的实验,幻想父亲跟前的一朵朵石榴花能长长久久。

不过,我父亲对每个女孩子都说,你来迟了,一棵树无论结多少果子,也没有几年活头了。她们彻底没了幻想。母亲的头发颜色依然换了再换,我还在猜想,我的那朵错过季节的小花,到底能不能长成一颗甜美的石榴。

故事里的事

男人头痛欲裂。

女人问,醒了?顺便把一杯水递给他。

我给你讲个故事吧!

男人想,这个时候听什么故事呢?但是口干得很,话说不出来。

女人说,有个男人喝醉了酒,就成了另一个人。他经常怀疑妻子的忠贞,与妻子吵架,还抽出皮带打她。妻子只好跑到街上求助。他一手提着裤子,一手抓着皮带,追赶他要找的爱情嫌疑

人。有个男子很同情男人的妻子,就夺下了他的皮带扔到前面的河里。男人转而与那个人吵了起来,一边跳着,一边骂人,像个点着了的炮仗。

他跳起来的时候,裤子就滑下来,掉在地上,引起旁观者的一阵哄笑。他提起裤子继续吵,非要吵个天昏地暗,吵个酣畅淋漓。后来,又有一个好心人从他后面拦腰提着裤子,他就进入更忘我的境界,一直累倒在外面。

醒来后他躺在自家床上。妻子给他讲了他酒后不堪的一幕。他问妻子有没有受伤,妻子说,她跑得急,没挨上。男人说,那就好。那给我提裤腰的人是谁啊?妻子说,就是你漫天要找要杀的嫌疑人啊!

故事讲完了。男人要起床,却发现皮带没有了。女人说,皮带啊,不是让那人扔河里了吗?男人的喉咙被水滋润过来,懊丧地拍了下头,问,你真的没受伤吗?女人说,真的没有。他又问,扔皮带的,也是他吧!女人点了点头。

男人两腿一软,跪了下来。

你们这次是不是真好上了?

爱的呵护

晓晓在餐馆与一女人发生争吵。女人的丈夫立即抡给她一巴掌。挨了打的晓晓给警察丈夫打了电话。很快,闻讯赶来的丈夫一身便衣出现在现场。女人的丈夫早已逃之夭夭。

了解了大体情况,丈夫向那女人瞪圆了眼睛:"还不快滚!"女人嘴里骂着,一转身跑了。

晓晓正要去追,丈夫铁一般的胳膊早已箍住了她的腰。她往下缩,往上跳,往前走,跺脚都无济于事。丈夫始终笑着搂住她:"好了,没事了,好了,没事了!"

晓晓要抓他的脸,手放到他脸上又落了下来;晓晓用拳头打他,他结实的胸脯骄傲地挺起来;晓晓用高跟鞋跺他的脚,脚刚放上又缩了回来。

旁观的人都笑了。原本一场恶战瞬间变成了小两口的卿卿我我。

"回去吧!"此时,丈夫用一只手搂着她的腰离开了餐馆。

第二辑

你家来了大汽车

你家来了大汽车

那时,每过腊月二十三,我的家里都已经收拾得亮亮堂堂。三间小黑屋,屋顶上没有一丝蛛网。桌椅板凳统统像洗过了澡,找不出一点灰尘的影子。我天天穿着姐姐穿过的小花袄往街上跑,新褂子洗干净了要放到过年时才套上。

我往街上跑还有一个重要原因,那就是看看来我家的大汽车到了没有。那是爸爸单位来的大汽车,带了煤炭,这是我不怎么稀罕的;带了过年的钱,这也不是我稀罕的;带来了好吃的奶糖、苹果、橘子和香蕉,当然还有一大堆长长的带鱼,这才是我感兴趣的。

我们几个孩子在街上疯跑,而我总是心不在焉,老是记挂着北边的路口。有时候大汽车拐过来了,我却假装不往那里看。直到汽车开过来停在我家的门口,直到小家伙们冲着我的耳朵大喊:喂!你家来了大汽车!你怎么还不回去看看呢!喂!你家来了大汽车,好气派啊!

这个时候,我好像很不情愿地回到家里,进屋,每年都是那几个人来看我们。他们都是爸爸生前的好朋友,每到过年给矿工遗属送抚恤金就自告奋勇来我家。有个阿姨总喜欢把我揽在她的怀里,丫儿,你刚生下来的时候还是我抱的呢!让姨看看你的胎记还有吗?啊呀,好大的胎记呀!我总是被她弄得痒痒的,嘴里不停地格格笑着。而她的手会悄悄地把钱塞在我的口袋里。那是阿姨自己的钱。

　　他们走后,伯伯家会跟我们分享那一车炭。而剩下的那些好吃的会有各家的小孩与我一起分享。我那时极不情愿看见妈妈把那些吃的一一送到伯伯和邻居家去。但是我不能阻止她这样做。妈妈说,别人家里也有孩子呀!怎么能全让你一个人吃掉啊!我知道妈妈平时没少接受别人的帮助,她大概要拿着这些东西回报人家呢!

　　傍晚的时候,妈妈已经把糖和水果送得差不多了。最后,也许是为了防备老鼠的祸害,她把带鱼用一根绳子系结实吊在东屋的屋梁上。我不知道她为什么没有把鱼送出去,她是不是还有别的什么想法。那是我最喜欢吃的东西,在油锅里一炸,真是世上最高贵的美味。可是我还是不放心。今天不送,说不准明天就送给别人了。

　　第二天早晨,我还在被窝里就听见了妈妈的吵嚷声。她一一问过姐姐晚上有没有听见动静,怎么带鱼少了七根呢!昨晚我数过是十五根呢!绳子还好好系着呢!没听见老鼠或者野猫的声音啊!妈妈一定怀疑是人偷了它们。是谁呢?一定怪她太小气了。她后悔为什么昨晚不把带鱼送出去。她把剩下的八根带鱼分了四份送给伯伯和邻居家里。我跟在她的后面,每次送我们出门都会听到女人们客气地说,怎么不给丫儿炸了吃。妈妈说,家里还有呢,回吧回吧!

　　那个年我常常闻到四面八方传来的炸带鱼的香味儿,而我们一块带鱼都没有吃到。我吸一吸鼻子,砸一咂嘴,什么都不敢说。因为第二天晚上,我扒开墙洞里的干草,手往里面一探,那七根带鱼不见了。我本来是想着偷偷送回到房梁上的,但是却不见了。那是头天晚上我悄悄偷走后藏起来的。我以为丢了这么多后

妈妈一定舍不得送给别人了,没想到她把剩下的都送走了。我真的不知道这一回是谁偷了它们,兴许是野猫吧!

寄居地

　　这不是我的家。我把这里当作一个短暂的寄居地。
　　一个干净而狭长的院子。院子的中央是一条青砖铺就的路,从堂屋的门口一直延伸到院门。路的两边是光滑的泥土,左边是烂漫的花草,右边是青绿的蔬菜。
　　堂屋的门是绿漆的木门。正对门口的是一套青墨般黑亮的桌椅。那一定是名贵的木头,一种香气扑面而来,是古朴厚重的香气,是门第的香气,泛着古书的味道。
　　桌子四围镂空的木刻很短暂地吸引了我。我的手指插在几个孔洞里,我飞快地辨认着那些艺术化了的图案。有许多画面我想象不出。
　　我在小圆桌上吃饭。小圆桌上总是有着很轻松的笑语。所有人都围拢在圆桌旁吃饭。圆桌旁一共七个人。有三个人是我的亲人,另外三个人即将成为我的亲人。我刻意地与另外的这三个人保持了距离。他们跟我不是一个藤上结出的瓜,不是长在一起的橘瓣,如果我是酸的,他们就是甜的,如果我是甜的,他们就是涩的。年长的他,我从没有张开口叫他一声父亲。多年后我梦到他,他拄着我给他买的拐杖远远地向我吐口水。我认为他是应该这样做的,他是我的寄居地的王,而我从没有臣服过他。

他用他温暖干净的大手轻抚我的头顶。他把我看成一个小孩子,而我确实是一个年龄很小的孩子。我推开我头顶上的手,推开我的肩头的大手就像推开他的微笑和目光。他不是我的父亲,我总是推开他和他的亲近。

　　他每天抽一包烟,他的手指没有发黄,牙齿也没有发黄,他的笑容很灿烂。他说许多稀奇古怪的世界之谜,说历史上某些名人逸事,他讲各种各样有趣的笑话,我在放声大笑时仍不忘与他保持一些距离。他想缩短一段距离的时候我就会离他更远。

　　那时候夜晚总是停电。抽屉里有许多雪白雪白的蜡烛。那是我们的商店里从没有出售过的蜡烛。商店里只卖泛黄油腻有着很重的煤油味的蜡烛。他放在抽屉里的蜡烛是修长洁净的,是干燥半透明的,它的燃烧都是无声的,像一个安静的少女。我总是把多余的蜡烛拿到学校里去,送给那些没有蜡烛的人。这不是我的私有财产,那里是我的寄居地,不是我的家。

　　我还要把母亲蒸的馒头也带到学校里去。而那些人揣在兜里的都是黄澄澄的玉米饼子。我也曾经伴随着这些玉米饼子长大,但我来到我的寄居地之后就不再吃这些黄黄的东西了。我把馒头给他或者她吃,换来的是不住的赞扬。你家的白馍真好吃。你妈的手艺真好。你真大方。母亲蒸的馒头很甜,还有一丝我喜欢的淡淡的酸味。我不是大方,那是我的寄居地,馒头好像是在寄居地里长出来的。

　　我的卧室是一间小小的书屋。我读过的书都与他们一起分享。当我看见一个男生撕下了我的书皮,另一个男生与他争执直至大打出手的时候我就笑了。有人为我的书打架了,我有很多那样的书,如果喜欢就拿去看,我还有很多呢!

　　很长一段时间我做着一个普通搬运工的活。我看着那些鬼

鬼祟祟的老鼠极为可笑。同样是搬运工，它们却是把外面的东西统统搬到自己的洞里去。我想除了我之外的所有人都是老鼠,他们都是自私的,因为他们都有自己的家,他们要经营他们的家。

我们围拢在圆桌旁吃饭。这样的日子只持续了一年。一年后只有我们六个人。他忽然昏迷在床上,醒来后就只有一半的身体听他自己使唤。我常听人说黄土埋到腰了,那是说人到了中年。我驰骋了我的想象力，一个人若是半身不遂那黄土应该是怎样去埋没他？我变得很轻松和惬意起来,好像心里的一块石头忽然就放下了。一种头顶上的居高临下的优越感正在消失。那种亲切的笑容被我有些恶毒的心事埋没了。我鄙视过我的庆幸,但是没有办法。他以后就一个人坐到高高的椅子上吃饭,他把碗放到那个古色古香的桌子上。

他无奈地拄起了我递给他的龙头拐杖。那是我从泰山上买回来的拐杖。之前他已经摔坏了十几根。他不接受那种很丑陋的东西,他要用自己的双腿走路。但是有一条腿不是他的,那条腿已经被埋进了黄土,一起埋进黄土的还有一只胳膊,一定还有一半的大脑。今后他只能用一半的大脑来考虑问题。他固执地摔破了十几根拐杖后依旧不能行走，他不相信就这样被黄土埋掉了另一半,当他接过我的拐杖时,他知道了他已经无能为力了。他一定在我的眼睛里读到了一年前他的眼睛里的目光。那种垂怜的目光从我的眼睛里返还给了他。他一定接受了那种目光才接受了我递过去的拐杖。他不能使唤的一半真的不能使唤了,不能使唤的一部分开始使唤我的母亲。母亲结婚一年就是来听他不能使唤的一部分使唤的。母亲说人的命运都是来使唤人的。人得接受命运的使唤。

之后他的日子就变得短暂起来，短到从屋门直到院门的路途。拐杖敲击着青砖铺就的路，他的脚步变成了三个断续的音符，而我们的脚步都是前后交替的两个音符。他的第三个音符是慢的，长的，像久久的叹息，那是被黄土埋没了的一条腿，在空中划着弯曲的弧线。不，那是四个音符，第四个音符是他的那只从空中落下来的脚。

他开始变得爱哭起来。他看电视上的一般的情节都会流泪，之前他总是笑着去评判。他也会一刻不停地注视着我手里的苹果。我才想到他不会用自己的双手去削一只完整的苹果了。他变得很馋，那是一种病人的无缘无故的馋嘴。那削苹果的方法是他教给我的，那是在很久以前。

他传授给我的还有许多地理知识，他教我地理课。他是校长，便只教一个班的地理课。四年级时我的地理考到四十多分，那时他还不是我的父亲，他用竹竿敲了我的头顶。那仅仅因为他还不是我的父亲就可以用竹竿敲我，所以作为我的父亲想抚我的头顶时我就推开他了。他病前不能摸到我的头顶，生病后就更不可能摸到我的头顶了。就像我个子小的时候不能让他摸我的头顶，当我渐渐长高时就更不会摸到我的头顶了。

我也终于像他们一样离开我的寄居地。我要到很远的地方去读高中。只要还有钱在我就不用着急在周末回家。

他变成一个若有若无的存在，除了在屋里的异味儿。我想他到底是不是若有若无的，他有没有在我的心里存在过。他确实存在着，但是只是好像若有若无的样子。因为我不用刻意去提防什么了，不用去刻意保持什么距离了。他用他剩下的一半大脑记忆着家里的大事。我回来时他就把这些大事一件件倒给我，像装满了故事的魔瓶。他没有被黄土埋掉的大脑竟然有着这样出色的记忆。

他扬起手中的塑料袋,里面还有两颗黑色的蜜枣。母亲说他最终留下两颗是想等我回来。我不吃他的蜜枣,我只看了一眼就当是没看见。听了母亲的话就当是没有听见。我忽略掉那两只蜜枣就是想保护我自己。我只怕我会失去些什么,我到底是怕失去什么呢?多年后我才想到我害怕失去我的感情。我会好好保护我的感情,只有我的感情是我独一无二的财富,我不会把我的财富很轻易地抛给我的寄居地。这是我的寄居地,不是我的家。多年来我一直这样坚持着。

　　他的头发开始变白,并发症渐渐包围了另一半他没有被黄土埋没的身体。我已经从12岁走到20岁,我从寄居地走进大学校园。我回家时会用我的餐卡买许多好吃的美食。他的胃口常常是贪婪的,他的身体已经出现了问题。他会不自觉地将大便留在裤子里。而多年以前他总是把屋子整理得干干净净。扫帚在地上轻轻地划过去,不留下一点烟尘。

　　夏天的雨水总是伴随着闪电。夏天的雨水也总是说来就来。母亲已经喊过多遍,要下雨了,你赶紧回屋里去!他用洪亮的嗓门跟院门外的邻居聊天。雨真的劈劈啪啪打在地上,落在他的头顶上,他却跑不起来。从院门到屋门的这样短的距离他却跑不起来。他看到路上许多人在雨里奔跑而他却跑不起来。母亲一边埋怨一边把一把伞拿过来。在雨中他依旧奏着他的断断续续的四个音符,只是音符全淹没在大雨中去了。我看见母亲被淋湿了大半个身子。伞停在他的天空,他在天空下停了下来。雨水继续淋到母亲的半个身子,母亲催促他快走,他却站在原地静止了。我拿了另一把伞撑在母亲的天空上,我的天空也剩下了一半。

　　他站在自己的天空下大笑。没有人明白他为什么大笑。雨不停止,他的笑声也没有停止。夏天的雨说走就走了。他为什么大笑不止,他认为自己很豪放吗?他的豪放有天地开阔吗?

在梦里我坠入了一个深渊。我坠了下去竟然没有呼喊。我没有呼喊也许因为我没有任何恐惧。我回去的时候他变成了一个小小的盒子。他由一个拿着竹竿敲我头顶的威严的人到进入那个小盒子仿佛一瞬间的事情。这一瞬间我来到寄居地又离开寄居地。什么是他的寄居地呢?是一方小小的盒子?而这个盒子也将重归到泥土里去。身体是灵魂的寄居地。小小的盒子是身体的寄居地。我知道了人都是没有家的,家在我们不断行走的路上。仿佛是家的地方都是我们的寄居地。

他拄着拐杖叩击地面,他原本走得很慢,但他的心脏就像夏天的惊雷,轰的一声裹挟着他的生命。他走得竟然跟夏天的雨水一样快。

我没有用相机咔嚓一下记下他的影像。我只能用一支笔代替我多年来的行走。我用一支笔描画一段行走的记忆,这个记忆总是没有声音,就像那个梦境,当我坠入深渊却没有一声呼喊。

孤山上的老狼

少年上学时要经过一段无人烟的山路。学堂很远,每天他都要早早起来,怀揣娘给他烙的杂面饼子上路。那时,自行车没有普及,学生上学都靠步行。

山黑魆魆的,不高,也不大,可是传说山上住着一匹老狼。老狼从来没有祸害过人和牲畜,少年不知道狼以什么为生。狼一定

很老了,或许每天饮露水,吃野果吧。他每次走过这段路都像躲过一场生死劫。他总是担心狼会恢复狼性,忽然站在他的面前。

这天,走那段路时,他像以往一样提高了警惕,除了自己的脚步声和天上的星星,路上没有一个人。越是安静就越是害怕,村里小伙伴们都不去很远的镇子上读书,可他不同,无论路有多远,人有多孤单,他都要去上学。少年略一分神,忽然觉得自己的肩膀上一左一右搭了一只毛茸茸的脚掌。少年吓得汗毛都要竖起来,他用眼角的余光看着,想象着狼的大舌头和獠牙,但是他不敢回头,因为他想起了做猎人的叔叔讲过的狼吃人的故事。

狼最喜欢一口咬断人的喉咙。狡猾的狼不去正面袭击人,总是尾随在人的身后,少年此时如果回头,喉咙正对着狼口。狼便咬断人的喉咙,将人拖走。

少年的心扑通扑通跳得厉害,但仍假装旁若无人地往前走,据说,人有几分怕狼,狼有几分怕人。狼的前爪就攀着他的肩头与他前行。少年这时想起怀里的饼子,他真舍不得这一个杂面饼子,但他还是果断地从怀里掏出来,饼子还温热,他使劲往身后扔去。

狼放下脚掌,快速向身后奔跑。少年紧走几步,上了大路。此时天已微明,他啊啊呼喊着奔跑起来,以缓解刚才的恐惧。那天晚上,少年饿着肚子回家,怕娘担心,他不敢跟母亲说起狼的事情,只是让母亲第二天做两个饼子。

母亲有些迟疑,这样灾荒的年月,家里的粮食越来越少,没办法,她掺上更多的菜,拌上杂面。娘心里想着孩子长身体了,是该加一些饭,可是粮食哪里来呢?她打算天亮后再找份活看看。

就这样,少年每天一早都要给狼一个饼。渐渐的,少年不再怕狼,他与狼之间仿佛有了一种默契,不去上学的日子,他会担心那匹狼挨饿。

少年的叔叔背来半袋子粮食。娘说,孩子饭量一下子长了,中午要吃两个大饼子。叔叔说,他这个大人,才吃一个饼子哩,那个饼子,是不是给哪个女孩子吃了?!叔叔悄悄问少年,听少年说了途中的经历。叔叔大惊,果然有这样的狼吗?他可不能让自己的侄儿冒那样大的危险。第二天一早,他穿好棉大衣,藏起来猎枪,独自走在那条路上。这一天,少年没有上学,狼定然在路口焦急地等待少年的出现。

叔叔来了,他走得沉稳和干练。忽然,他以猎人的敏锐感觉到了背后的生灵。他没有习惯性地转身举枪,而是等待那匹狼的脚掌攀上他的肩膀。少年讲述的经历他似信非信。果然,待身后的狼走到他背后,他感觉到两只毛茸茸的东西搭在肩上。

他依然没有拿枪,而是与少年一样拿出饼扔得很远。所不同的是,他扔到了前方大路的路口。狼饿极了,奔上前去。猎人此时举枪,正击中狼结实的后腿。

这是一匹高大的狼,它忽然站起来,疯狂地向山上跑去,一路流了殷红的鲜血。狼走了几步又折返回来,将地上的饼子捡起放到口袋里。

猎人吹了吹枪口,冷冷地说:"一点皮外伤!不好好做人,偏要披着狼皮干这点营生!我寡嫂母子二人不容易,兄弟,你就放过她娘俩吧!"

我要种一棵苹果树

妈妈病了,躺在床上,什么也不想吃。

孩子找到一个苹果,又找来刮皮刀,要为妈妈削一个苹果。他的手很小,只好把苹果牢牢按在桌上,一只手固定苹果,另一只手转动刮皮刀。他削得很慢,一下,一下,每刮一下,香味就飘过他的鼻孔。他以前从没有闻到这么好闻的香味儿。他好像明白了,只有自己劳动的时候才能品尝到果实的芳香。

他把削好的苹果递到妈妈的手里。妈妈又欣喜又感动,这是孩子为她削的第一个苹果。她的病仿佛一下子好了,她一小口一小口地品尝,而孩子的眼睛一眨一眨,正满含期待地看着妈妈。

妈妈问他:"孩子,你等着扔掉苹果核吗?我自己扔掉就行了,你自己出去玩吧!"

孩子说:"不是的,妈妈,苹果核不能扔掉,我要把种子攒起来,种好多好多的苹果树!"孩子把种子埋在花盆里。妈妈说:"花盆里培育不出参天大树,阳台上不是苹果树的居所。"孩子把种子埋在楼下的草坪里。妈妈说:"等小树苗长到草坪一样高,会被当作杂草除去的。"

孩子将种子埋在公园里的小树林里。妈妈说:"小树林全是美丽的丁香树,是容不下几棵苹果树的,那是园艺工作者早就设计好的。"

孩子散步的时候,将苹果的种子洒在路边,悄悄用脚将种子踩到松软的土里。妈妈说："路边都是整齐划一的绿化树，这些小小的苹果树将来也会被当作异类除掉的。"孩子不管那些，他只想着路边的人口渴了可以随便摘个苹果吃。他还设想着，如果从山上走下一只梅花鹿，它可以吸引鹿停下来，让人们驻足观赏。

孩子与同学们外出野餐时，他把孩子们的苹果核收起来，将种子一个个挖出，种在野外。与他在一起的小朋友们问他："你种那么多苹果的种子，能长出来吗？"

"野外那么遥远，你的苹果树长大了，你会吃到苹果吗？"

"你种那么多苹果树，谁来浇水呀，谁给它们捉虫子？"

孩子不管那么多，他只要种他的苹果树，他想让每个种子都入土为安。

美术课上，老师教给孩子们画苹果树。孩子问老师："苹果树是这样子的吗？老师，你见过苹果树吗？"他从小就埋下了很多苹果种子，可是现在，他不曾见过和拥有过任何一棵苹果树。

老师听了他种苹果树的故事非常感动，她跟校长建议，在学校的花园里给他一小块地，让他种一棵高高的苹果树。孩子喜极而泣，却发现自己不经意地长大了。

母亲给父亲夹菜

母亲给父亲夹菜，父亲饮尽杯中的酒。

最后一个女儿出嫁后，母亲对父亲说，我愿意跟你离婚了。

父亲说，秀，你傻，这句话我等了十八年，你苦了十八年啊！

十八年前,父亲对母亲说,那女人已经生下两个儿子了,咱离婚吧。

父亲自打进城就跟一个叫"姨"的女人有了"爱情"那玩意儿。

母亲给父亲夹菜,父亲饮尽杯中的酒。

母亲说,勇才,你别怨我到你单位闹,让你们一辈子抬不起头来;

勇才,你别怨我每年春节都逼你回家,让你们永远不能过个团圆;

勇才,你别怨我老跟你们要钱,那两个小子穿得多么光鲜;

勇才,你别怨我一直拖到现在,我总得等三个女儿长大;

勇才,我常跟孩子们说,你们父亲也不容易。

母亲给父亲夹菜,父亲饮尽杯中的酒。

父亲说,秀,你傻,我说过要抚养这三个孩子,供她们上大学,跟了我还能谋个好前程。你就为人家叫你一声勇才家的,我就是这个屋子的梁?

父亲说,秀,你傻,这么多年了,你要是再找个男人,春种秋收的都有个帮手。你一个人撑这个家,不容易啊!

母亲说,我在心里咒了她十八年,也倦了。这些年你们两口子供五个学生也不容易,你们这辈子也不容易啊!

天亮了。

母亲给父亲夹菜,筷子敲打着空空的盘子。

父亲饮尽杯中的酒,那最后一滴是咸的。

魅　影

　　我以神的速度起身，正要抓住他，他却夺门而逃。我什么都不顾了，我追到大街上，那个影子像飞，而我也好像飞起来了。

　　我不知道这是第几次梦见那个魅影，他总是在我起床的瞬间倏忽就不见了。

　　现在，那个影子拐了个弯向北走，又拐弯向东，进了一个大门。我不敢进那个门，那个门黑漆漆的，好吓人啊。

　　我在门外守着，我要等他出来，捉住他，质问他，为什么老是在夜里打扰我，让我辗转难眠。我的头发一把把脱落，我还是不断撕扯着它们。有什么办法呢，等待，是那样让人焦灼，尤其是没有结果的等待。

　　我在门口瑟缩着，缩成一团。冬天了，寒风裹挟着树叶，在空中打着旋。我紧一紧衣服，刚才出来时，我只穿了一件薄薄的单衣。有个人把一件衣裳披在我身上，独自走开了。我不认识他，但似乎路过的每个人都认识我。

　　我好像看见他向外走来了，我终于看清楚了他的面容。我冲上去，像一只饥饿的老虎扑向食物，撕烂他的衣服，骂他，你这坏蛋，你是哪里来的坏蛋？

　　很多人呼啦一下围上来，几双手按住我，救下他。一个声音说："可怜的妈妈，自从孩子在校车事故中死去，就再也没清醒过。"

去马家沟

父子两人在一个偏僻的小镇上下了车。

"爹呀,就是这个镇子吧?"

父亲不吱声,只闷头往前走。前面一个机动三轮车招呼他们。

爹问:"去马家沟,多少钱?"

"不去那地方,路险,眼看着天就要黑了,要翻好几座山哩!您要出高价,我送您到山下,就是到山下的路也不好走,我看您呢,遇上路过的牛车顺道还行!"

"爹,给他钱!"

讲好价钱后,父子俩上了车。此时,春三月的风柔柔地吹在脸上。儿子无心看窗外的风景,他今早起来后,跟父亲拌了几句嘴,一急就跑到厨房里拿出菜刀来,搭在自己的脖子上,以死要挟父亲。父亲没办法,孩子已经二十岁了。

一路颠簸,两人的胃里翻江倒海。收了钱,三轮车一溜烟消失了。此时,天已擦黑。这里前不着村后不挨店,连个过路人都没有,除了上山,没有别的出路。

"爹,有狼吗?"

"前些年有,现在不知道!"

儿子磨磨蹭蹭跟在后面,忽然紧走几步跪在爹的面前。

"爹,咱不去了吧!我错了!"

"你不嫌爹没本事了？"

儿子摇摇头。

"你不说爹不疼你了？"

儿子又使劲摇摇头。

"不行,孩子,我还是得让你看看你亲爹,认了他！"

回　家

路上黑漆漆的,一个人也没有,一辆车也没有。今天是年三十。

远远地,我看见雪白的灯光刺破了黑暗的夜。一辆满载的客车过来,老天,哪怕这辆车不去我的家乡,哪怕是暗夜里的聊斋,我也得上去暖和一下。

我拼命地招手:"停一下,请停一下！"

"快上来,闺女！你站那多久了？"

我看了下表,高铁到站是夜里十点三十分,现在是十点五十分。

有人拉了我一把,她的手热乎乎的。

"晨晨,你怎么才回来呀？"好熟悉的声音。

我才发现这是我们村华东叔的车。平常我觉得他们夫妻两个极其刻薄,一心钻到钱眼里去。现在遇见他们,简直就成了拯救我的天使。

"公司三十下午才放假,我原本打算不回来的。叔叔婶子不

在家过年吗？"

"我们过年，小晨晨怎么回家过年啊？"华东叔笑着说。

我鼻子一酸，打工一年来，所有的委屈都被这一声"小晨晨"化解了。

"大叔，我去梨花村，您能将我带到什么地方？"车上有人问。

"闺女，我能把你搁路上吗？放心，车里每个人，咱都送到家门口。"

"大叔，今晚多收点钱吧？"

"平常十块钱，但也不能三十晚上劫路呀，看着给就行！"

"大叔，明年三十我也不担心了！"

"今天下午车坏在路上了，夜里才修好，你要我明年三十再来，岂不咒我再坏车吗？"

原来是这样啊！车上的人都笑了，每人都在庆幸。他们来自不同的打工城市，但每个人都有个共同的归宿，那就是家。

四十分钟后，我闻到了空气中的香，夹杂着烟花爆竹的气息，那是年的味道。我深吸一口气，敲开了家门。

五号病房

肿瘤内科五号病房里不时有笑声传出来。

年轻的何主任每天来这里查房时常常多逗留一会儿，开个几分钟的"小讲座"。这天，他走到 1 床刘老汉跟前，问了他化疗后的反应，最后说，只要找到自己以往不健康的生活方式然后改正,癌症是可以控制并可能完全康复的。

他说话的时候还把右手高高举起握成拳头,不知道的还以为参加入党宣誓仪式呢!他的表演瞬间给病人增添了力量。

刘老汉说,我以前喝酒厉害得很,有肴没肴喝一斤,就是就根芫荽也能下半斤。

何主任说,大爷好酒量,可是喝酒也伤身呢,不过,只要现在不喝了,胃就少受伤害,慢慢就调养好了。

2床李老头也自责,我以前工资一发下来就把烟钱藏了扣了,还自以为能得很哩,跟老婆藏猫猫,看现在,气管里抽出肿瘤来了。

咱肿瘤控制住,只要从此不抽了,肺就不难受了呗,也不憋闷了。何主任对他说。

3床的大妈说自己心眼小,老是跟这个那个怄气,这不,好好的人,住院了。

4床的说,自己从来没吃过早饭,中午才起床,原来熬夜打麻将伤害这么大!

无疑,5号病房已经开起了热烈的自我批评会。

只有5床是位年轻的美丽少妇,以上他们的不良习惯她都没有,只好什么都不说。可是3床的大妈偏要问,闺女,你呢?是什么造成的那个病?

少妇说,不知道,遗传吧!也可能我们那污染严重!

5床在最里面靠窗户的位置,她喜欢把帘子拉得严严实实的,她得的是宫颈癌。

她说,我这个病,连梅艳芳都死了呢!老天爷让这刻死,咱就不能那刻活。

其他人都不愿意听这个话,一是她跟梅艳芳的名气没法比,

二是她跟梅艳芳的生活也没法比，还有就是谁愿意听死那个字，人哪能说死就死呢？即使得了癌！

何主任将温和又亮亮的眼神投过来说，梅艳芳留下多少遗憾呀，想做妈妈都没做成！每个人都有遗憾和幸运。就比方你的病吧，发现得早，治疗及时，而且效果极好，很快就能出院的。

少妇说，出了院还不是再回来，直到药物再也控制不住了，还不是一个死！说完就重新拉上了帘子，啜泣声便从里面传出来。

何主任蹙起了眉毛，摸了摸自己的胸口，停了几秒钟，想说什么又咽了回去。护士小云轻轻推了他一下，他就跟查房的队伍走了。在走廊里，小云小声嘀咕，5床以前是干那一行的，得那病还有什么原因？不良的生活习惯和……

何主任打断了她的话，跟她讲，"我从小家庭优越，学习又好，在大学里是学生干部，医学硕士毕业后来到这座知名医院。不久前，我的有关癌症心理研究的系列论文还发在国际学术刊物上呢。"

小云痴痴地看着他。他那帅气的身影，英俊的面容，冷静而睿智的眼眸，一直是她心中的男神。

他接着说，"我什么不良习惯都没有，我也没有遗传病史，也没有受到什么外来辐射，到现在还没老婆呢！照你说，我的病是怎么来的？我该改变我过去的哪些生活方式呢？我刚给他们的，不过是一根救命稻草，但只要他们手里能牢牢抓住些什么，就得到了心理安慰。

我若问你，我的病能好吗？你肯定会安慰我，能好，要相信奇迹！目前，我们的医学还是薄弱的，可是将来，你说能不能攻克这个难题？"

小云使劲点了点头,能,一定能!又低下头,还是在琢磨,到底什么原因让他致病?他还能撑到多久,撑多久呢?谁也不知道。她多么希望世界上的谁赶紧攻克这个医学难题!

是嫉妒!一定是嫉妒,是老天对完美的嫉妒!小云想到自己的不幸经历,想着老天总不会嫉妒自己吧,她的心还是沉重的,脚步却比以前轻快多了。

摸　花

这天晚上,母亲给生来失明的儿子读诗:"惆怅阶前红牡丹,晚来唯有两支残,明朝风起应吹尽,夜惜衰红把火看。"

儿子问:"妈,红牡丹是什么样子的?为什么要'把火看'?"

母亲怔了一下,皱起了眉头,"这红牡丹,妈妈也没有见过呢!爱花人是惜花人,当然要在花未落之时就着灯火来赏花。孩子,从现在开始,妈妈要让你见识这世界上所有美丽的花朵。"

"好看又有什么用?我又看不见!"儿子长叹了一口气,说。

"可是孩子,你还有鼻子呀!每一朵花都有独特的香味儿;你还有手啊,每一朵花摸起来都有不同的质感。"母亲很难过,自然界有那么多美好,她可怜的儿子什么都看不到。

春天的日子里,母亲领儿子认识了迎春花,桃花,杏花,梨花,杜鹃花,葵花,金盏花,郁金香,白玉兰,风信子。认识每一朵花,母亲都有美丽的诗句诵读给他听。除了看不见,儿子的感知能力尤其强,母亲很欣慰。

夏天的早晨,母亲领儿子到花卉市场去摸花。

卖花人远远地喊道,"买不买?不买就不要乱摸!"孩子摸花的手瑟瑟地抖回来。一枝月季的尖刺划破了孩子的手,鲜红的血立即涌了出来。他的泪珠在眼里晃荡。

"妈,我们回去吧!我们走!"母亲正教给孩子认识各种莲。那是一盆开得正艳丽的旱莲。卖花人不耐烦地走过来问,买不买,一盆两元,不要拉倒。

此刻,他忽然看见盲童拉着妈妈的衣襟怯怯地站起来。他的脸稍稍偏在一边,似乎竭力地在用耳朵丈量卖花人的口气。

卖花人的口气立刻软了下来。

"不好意思,吓着孩子了!随便看,孩子!这盆旱莲开红色的花,样子有些像喇叭花呢,不过这种花更艳丽一些。喜欢,叔叔就送你一盆!"

母子的脸上绽开了花,像两朵美丽的莲花。

秋天,母亲领孩子认识了各种菊。

孩子用手指丈量着花瓣的长短。"妈妈,菊花的花瓣不一样长呢!这种菊花开得松松散散,不拘长短。这就叫麦浪吗?花瓣像是从花心里弹出来的,刚出来时是喷射状地伸直,到了后来就卷曲了,妈妈,真的像波浪呢!这种花真好,想怎样开就怎样开,那样舒展和自如。"

孩子把手放在另一朵菊花上。他变换着手的姿势,轻轻拢起小手想裹住整个花盘。"妈妈,这朵花开得紧紧地,那么密,就像一个过于严肃,从不知欢笑的人一样。"

母亲欣喜的眼泪悄悄地滑落。她该让孩子认识到花朵的美好,她做到了,他的孩子也感知到了。没有绚丽花朵的人生该是多么孤寂!

孩子问："妈妈,花瓣上都有细细的粉呢。那是什么？"

"就像女孩脸上的脂粉,孩子！花朵都像姑娘一样爱美呢！"

"妈妈,花瓣摸起来都很滑腻,这与粗糙的叶子有着很大很大的不同。那种滑腻像一层淡淡的油脂。"

"那是花瓣的肌肤,孩子！也像女孩们细腻的肌肤呢。花瓣都有着美丽的光泽,阳光一落上去就被花朵留下来了。"

"不对",孩子说,"所有的花朵摸起来都是凉的。只有阳光是温暖的,花朵怎么能留住阳光呢？花朵才不是最美的,它们的凉总是拒绝人的抚摸,我才不喜欢它们呢！"

母亲的心掉进了冰窖。她拉起孩子的手就离开了。她不要再让孩子认识许多花,她要让孩子去见各地的名医。她要让孩子看到花的绚烂而不是花的凉。

他们变卖了家里所有值钱的东西。在大小医院,母亲做各种杂务活维持生计；在不知名的村落里,他们遍访游医,尝试各种偏方。他们走了很远很远的路,从北方走到南方,从南方又走到北方。走着走着,母亲的头发就花白了。在一个明亮的早晨,阳光落在她晶莹的头发上,闪耀着珍珠一样的光芒。一缕光泽倏地闪入年轻盲人的眼睛。

年轻人说："妈妈,您的头发白了。"

母亲一阵心惊,停了下来。母亲就再也走不动了,她因为高兴突然倒下,她什么也听不见,什么也看不到了。

见到光明的年轻人沉痛地埋葬了母亲。在母亲去世的小城,他租了一间简陋的房子。在这个租来的房子里,他开了一个小小的花店。花店的生意非常兴隆。每一个买花的年轻人都这样来描述年轻的花店老板:他喜欢闭着眼睛摸一下花朵,凭借触觉与味道,说出花朵的名字。

每一朵花都像他的女儿,他说花朵摸起来都很凉,因为你摸到的是她的芳骨。正是这种芳骨让她保留了艳丽的色泽和动人的芳香。

据买花的人说,他还有一种绝活,闭着眼睛,他能分辨出几百种花朵的香气。年轻人用这种方式来纪念母亲。

小五的爱情

我家前面有一片废弃的园子。每到夏天,密密的杂草没过人头,成为刺猬、野猫、野狗、黄鼠狼经常出没的地方。

今年春天,我拿起撅头,扛起铁锨,对母亲说,我要开出一片菜园,再也不用买毒蔬菜了。一个小时的挥汗如雨,我才刨了一米见方。母亲在一旁清理砖头石块,跟我讲了废园的故事。

已经是20世纪80年代的事情了。园子的主人六子从西藏带回个女人。女人的皮肤黑黑的,最让人惊奇的是她满头晃来晃去的辫子,让没见过多少世面的村里人开了眼界。

藏族女人说,她们小姐妹从小就想嫁汉人。也许是见多了藏族男人高高举起的皮鞭,也许是不愿意再骑着马在草原上放牧,反正,嫁个汉人过幸福的日子是她小姐妹的梦想。不过幸福好像来得特别快,这个梦想很容易就实现了。

六子是个不务正业的浪荡子,吃喝嫖赌俱全。村里知根知底的人从不给他介绍姑娘,而他也不定性,整天东奔西窜,狐朋狗友一招呼,人就不见了。六子消失两年后,就带了这个藏族女人回来。女人的名字很拗口，于是，她起了个汉名叫丽娟。

丽娟大大咧咧，整天笑呵呵的。村里人有的觉着她比较笨，要不就缺根筋什么的。扎那么多辫子干什么，不麻烦？竟然不会做饼，整天吃什么呢？连筷子都用不利索，动不动就用手，也太不干净不卫生了。但这些挡不住丽娟与大姑娘小媳妇和婆婆们的快乐交流。渐渐地，丽娟也会纳鞋底，会做各种面食了。

又过了几年，没见丽娟生个一男半女，她的妹妹却来了。

妹妹的汉族名字叫青。青比姐姐长得水灵，尤其在姐姐家里住了一段时间后，她的美丽就远远超过姐姐了。

青是在地里掰玉米的时候见到小五的。小五家的地与六子家的地紧挨着。六子从不下地干活，反正家里有两个干活的女人，自己落个清闲。至于运玉米的活，他更是下不了笨汉子力气。在他心里，女人不就是当牛做马的吗？

青和丽娟姐妹俩往家里运玉米。丽娟驾着地排车掌握着方向，青就在前面用绳子拉。有时只听见姐妹俩喊号子，却不见车子动弹。那天，小五放下自己家的活儿，换下丽娟去驾辕，丽娟知趣地跑到车后面去推，将前面的位置留给了青和小五。

什么也躲不过村里人的眼睛。小五一定是看上青了。小五那年真的不小了，应该近四十岁，却没有哪个姑娘能相中他。小五的娘生了五个儿子，前四个儿子个个人高马大，都是庄稼地里的好手。唯独这个小五长得敦实，还长了一对黄眼珠。除此之外，就剩下穷了。

小五自幼就被别人看不起，性格上也有些怪异，不喜欢跟别人打招呼。这根子还得说到他老娘那些年的事儿。老娘年轻时是个俊媳妇，其实无论丑俊，只要是日本鬼子看见了，都不会逃脱的。鬼子来的时候，村里人见她被一个黄眼珠子的人拖进屋子，

等日本人走后，小五娘就直挺挺挂在墙上了。她的手上被砸进钉子，像耶稣订在墙上。村里其他女人也有遭殃的，但这耻辱经过时间淘洗，有的人就淡了。可是，小五娘的耻辱却生根发芽，成为她心口的一根刺。因为小五生下来后，村里人发现他长了一对黄眼珠。小五的爹娘和哥哥都是黑眼珠，那小五定是黄眼珠子日本人留下的种。

小时候他就听过这种传言，凡是村里人看露天电影，他总是躲在最后面，站在凳子上跷着脚看那些日本人，他们果真是黄眼珠子吗？他一直搞不清，他的爹应该是哪个混蛋。这个耻辱压在他的心里像块石头，除了娘，他几乎不与任何人交流，直到青这个异族女人来到了村里，进入了他的视线。

他觉得青跟别人是不一样的，青不知道他的历史。青也是个外族人，跟村里村外的汉族人都是不一样的。青的辫子油光发亮，也是那样的可爱。青因为从小骑马的缘故，有点罗圈腿，走路的姿势也不好看。汉族女子都是夹着腿走路的，而青呢，两条腿好像总合不到一起来。

小五对青说："应该是这样走，而不是像你那样。"他边说边示范着，还模仿着青走路的姿势，把青逗得咧嘴大笑。青平时比较拘谨，一笑起来竟是那样豪爽。小五就没这样放声笑过，现在由青带着也放声大笑起来。这女子真是神奇，虽然两人的语言还不好沟通，可是两人看着彼此的眼睛都懂了。青的眼里含着笑，小五的眼里全是亮光。这光是来自眼前这个世界上最鲜亮的姑娘，没有了她，他真不知道自己的世界将会怎么样。他感到自己已经掉进一个看不见的深渊，看不见底也看不见自己。

小五去六子家的时间长了，六子就把这事儿搁心上了。他绝不会相中小五这个日本种，倒不是六子多么爱国，充满了民族大义，而是觉得小姨子青有着更大的用处。至于怎么安排青，他心里还真没头绪。白天，他用一把大锁锁了大门，一个人去外面穷逛，不过就是找酒友去喝酒，找赌博的人摸几把牌，还有那些手脚不干净的人，六子也帮他们放风偷东西。

小五没法见到青，就围着六子家的屋子转圈。他急得像没头苍蝇一样，心里则像什么东西在不停地挠抓，直到娘把他叫回去。娘烙了油饼，正热乎着呢，香喷喷的。小五拿来梯子，从墙外跳进去，给青和丽娟打开包油饼的包裹。青欢喜地搂住小五的脖子，顾不上吃饼，小五就带着青从墙上跑了出去。

鱼塘的四周长着一丛丛灌木，人坐在里面就看不到了。小五带青去的地方就是村里的鱼塘。很多年轻人偷偷摸摸在一起，就相中了此地。

小五的脑袋其实满灵光，虽然平时不说话，心里是有底的。他会用一根绳子翻花，这些女孩子们的玩意儿，他平时就记在心里了。他让青撑着线，自己教她怎样去翻。然后再反过来，自己撑着，让青笨拙的小手去翻花。

"这是被子！"小五说，"就是床上用的东西，以后我们结婚时买那种缎子面的。"

"这是高楼！"小五说，"我们早晚会住上高楼，就像电影里的一样！"

"这个是面条！"小五说，"你要愿意吃，我让娘天天给你做！我也会做的，男人和面比女人和的更筋道！"

青其实也没听清楚多少话，只是对翻花没了兴趣，她把一根草茎含在嘴里，吃吃地笑。她淘气地将红绳子胡乱绞成一团，害小五去解那个难解的绳结。青坏坏地看着小五，她才不去在意小五的黄眼珠子，他喜欢的是听眼前这个男人聒噪的话。懂与不懂

都沾着蜜糖,空气里都透出黏黏糊糊的味道。

小五将红绳子放在兜里,拉过青的手。青的手很粗糙,小五搓了手心搓手背,然后变戏法一样从口袋里掏出一盒香脂。他打开那个盒子,放到青的鼻子前面。

"闻一闻,香不香?"

青啊呀啊呀地说着什么。

小五教她说,香!

青就说:"香,香,香!"

青靠在小五怀里。小五的心怦怦乱跳,这种感觉四十年未曾有过。小五粗壮的胳膊使劲箍住了她,呼吸也变得急促起来。一种燥热是从来没有过的。

"青,你住到我家去吧?"

也不知道她听懂了没有,只是闭上眼睛,将头埋在小五的胸脯里。小五真想立即把她吃下去,再不吃下去就感觉来不及了似的。这个丫头,可真让人心疼。

小五听村里人嚼舌根子,说六子晚上让姊妹俩一起伺候他一个爷们,受用着呢!小五听见这话就啐她们一口,你们见着了?还是听到了?都是吃饱了撑的管人家闲事情。

青的脸红红的,绝对不是先天的高原红。小五知道,青一定是个处女。那脸上的红是处女才有的羞涩。小五喜欢青,宠着青。他把青含在嘴里怕化了,捧在手里怕掉了。村里人真是没眼光,这么好的姑娘,他们都看不上。

小五的手在青的身上游来游去,他想着今晚就回去跟娘商量彩礼的事情。六子这个人算计的,不过就是钱,无论六子要多少,他都会满足他。小五想着,心里美美的,就进一步放肆起来。一不留神,青就站起来跑了。小五在后面追,青边笑边拼命地向前跑,一会儿就跑出鱼塘,进了学校外面的操场。操场上有人在打篮球,青的脚步慢下来,看着那几个半大小子将球掷进高高的铁圈。

小五没追上她,只是因为青的身上掉了个东西。小五拾起来,是那个香脂盒。

小五在那些人面前不好意思跟上来,他怕坏孩子喊:"不要脸,谈恋爱,不要脸,谈恋爱。"在这闭塞的村子里,谈恋爱基本就等于耍流氓。所以,恋爱都是在隐蔽的地方悄悄进行的。

青一回头,看小五近了,又继续在前面走。到了六子家门口,小五把香脂盒悄悄放进她的口袋,轻轻把她托上墙,青顺着那把梯子走了下去。

六子这天手气极差,连连输钱。晦气,真晦气。天傍黑时,他闷闷地回去,想着从哪里弄点钱去继续赌。

青的香气暴露了她的秘密。六子走近青,凑到她胸前闻了闻,香啊,香啊,哪个野汉子送你的?你还是给我老实点,自家便宜怎能让别人占了?

他说着将青推到里屋,闩上了门。丽娟起初在外面砸门,砸了几下就放弃了。丽娟觉得女人不是天生的牛羊吗?让男人吃掉是早晚的事情。是这个汉族男人将她们姊妹俩带到了这里,除此以外,还有什么人可以依靠?丽娟来到厨房,下了几碗面条。捞出香喷喷的面,她又砸了蒜,在石臼里捣蒜的声音大抵可以抵消屋里的动静。砸完了蒜,她又分别抹到三个碗的面条里。

六子在里面闹的动静很大,丽娟也不去理会。对于青的哭喊丽娟更是没有听见一样。她从小就习惯了这种声音,在她生长的地方,她就是伴着这种撕裂的声音和牛羊长大的。她恨那些鞭子,常常抽到牛羊和女人身上的鞭子。她跟村里人讲这个的时

候,村里人都撇撇嘴,是那样吗?只有你爹对你娘才那样吧?丽娟就拍着胸脯说,是这样呢!我们家六子从来就不打我,好着呢!村人就更加撇嘴了,六子那个混蛋,算个什么东西!

所以我要嫁个汉族人。丽娟告诉他们,任何一个汉族男人也比他父亲强百倍。丽娟吃完面的时候,六子出来了。他一边系着裤带一边满意地坐下来。丽娟端了面条走进里屋。

青的脸朝里,任丽娟怎么往外掰都掰不过来。她用毛巾擦去青额头上的汗水,叹口气说,女人早晚都是这样的。都是一样的,你要想想,好好想想。

第二天,小五的娘托村里二奶奶来说媒。哪里还有青的影子!青就在那天不见了。谁也不知道她去了哪里。是出走了,还是被姐夫六子藏起来了,或者被无良的六子给卖了?小五等了三天,青没有回来,等了五天,还是没有回来。他找到六子,抓住他的衣领。六子高高的个子,反手就把小五摔到地上。六子的嘴里骂着,混蛋,想跟我耍横,还嫩着点呢!你凭什么找她?她是你家的,是你的?想娶媳妇,下辈子做梦去吧!躺在地上的小五一骨碌爬起来,从后腰抽出一把刀子,直直向六子刺过来。六子在外面练过几下功夫,对小五的招式了如指掌。刀子掉在地上,小五的手臂却软了下来。六子像提一只小鸡一样提起他,小五觉得自己的脚悬了起来。

小五出来的时候,听见几个孩子在街上喊:"五五六,五五七,小五小六比高低,两人共有一个妻。"小五驱散了孩子,六子的话还在耳边回响:"想娶媳妇,等下辈子吧!"

后来,六子出去的时候,小五就去找丽娟打听青的去处。青去哪里了?丽娟摇头。青还好吗?丽娟还是摇头。青不跟我说一声就走了,你们到底把她藏哪里了?丽娟都要把头晃下来了,就是不说。后来她就从里面闩了门,再不让小五进去。小五不再围着六子家转,而是一个村一个村地转,他很快将附近的村子都转完了。他买了很多很多糖果,每去一个地方就给孩子糖果吃。孩子是不会骗人的,只要他们见过扎很多辫子的藏族女人,一定会告诉他的。可是渐渐地,糖果也不能收买到孩子了。孩子拿了糖果之后就喊他:"小五小五白头翁,大疯子,想婆子,快快回家照镜子。"小五从来不去照镜子,自从青走了之后,他就白天找青,晚上睡觉。孩子一喊,他才想到回家时看看镜子。青不在,他照镜子还有什么意义?

镜子里的小五,头发已经全白了。他有些害怕,他不知道那个镜子里是谁。娘说,这头发已经看着白了一阵子了,儿啊,就别再找了。找来了,人也不是你的了。是你的,她不会走,不是你的,找也找不到,找也找不回来。

小五已经不在乎那些白头发,他从小在乎的东西就不多。只是他在夜里出来就非常吓人,尤其是有月亮的夜晚,那白花花的月光,照在他那花白的头发上。那走路缓慢的姿势都让人不寒而栗,他走路的时候习惯于东张西望,瞻前顾后,很久才迈几步,生怕他找的人给错过了。后来他白天出来的时候,小五的娘也在后面跟着,在村里人的眼里,小五多半已经疯了。

"你见过青吗?一个藏族姑娘?梳着很多辫子哩!"

小五逢人便问,他的胡子从来不让理,慢慢就长到下巴以下,整个人就变成了一个白胡子老头。

小五从不会攻击人,时间长了,小五的娘也不再跟着他。他愿意上哪便去哪,愿意自言自语说什么就说什么,大概他三十多年说的话也没有这段日子多。

时间已过夏至,天气燥热异常。小五中午的时候拿着一根冰棒在舔。他舔一口就往心口上藏,藏一会儿又拿出来舔一口。他真疯还是假疯了,谁去管这些?大部分人觉得小五想媳妇想疯了。刻薄的人在他身后说,那个倒霉的男人,娘被日本人糟蹋了,自己的女人被二流子糟蹋了,可怜,可怜啊!小五现在不在啐别人,那根冰棍就是他的全部。

小五娘说听人家讲了,儿子去了镇上的集市里,有个大肚子女人给了他一根冰棍。要是知道儿子这么大了还喜欢冰棍吃,她可不得天天给他买呢!

第二天早晨,娘叫小五吃饭的时候,发现小五在梁上挂起来了。

"五啊!"娘撕心裂肺地喊。

"你怎么这么想不开,天下的女人都死绝了吗?"哭着哭着就晕了过去。

小五的哥哥们过来了。虽然他们从来都排斥这个同母异父的弟弟,可是见到弟弟的身体挂在那里,见到娘晕死过去就受不住了。他们解下尸体,用门板把弟弟抬到六子家的床上。

六子家哪还有人。早就听到哭喊声的六子望风而逃。村里人挤挤挨挨来到六子家,却见床上的青正抱着小五的头在哭呢!青边哭边说,说的什么村人一句也听不清楚。小五在青的怀里那样安静,就像睡着了一样。青给他理发,净面,一张年轻帅气的脸又呈现在众人面前。

青是怎么回来的,她又是去了哪里?有人说,青根本就没离开过六子家,也有人说,青嫁给了镇上一个地痞,是六子的朋友。还有人说,那个买冰棍的大肚子女人,就是青。人们这才想起看青的腰身,青的肚子真的鼓起来了。无论人们怎样瞎猜疑,夏天的尸体是搁不住的。小五很快入土,青又失踪了。

小五的哥哥拆了六子家的土坯房,还说只要六子回来就打断他的腿。那时,农村的劳力正纷纷去城市里打工赚钱,寻找六子的事儿就搁下来。六子这个二流子,他就永远在村子里消失了。

母亲给我讲完的时候,我已经刨了大半个园子。我的后背一直发凉,总感觉后面有个白头发的人轻飘飘地走过来。我对娘说,我有些害怕,原来这个废弃的园子没人要,是因为小五被抬进来过。小五的舌头是伸出来的吗?

娘说,这事情都是村里人的传言,有些是真的,有些是假的。吊死的人,我也没见过,就不要多想了。

我不知道该种些什么。开出这片地之后,完全由娘做主。我则再也不敢走进这个园子了。

娘说,自己人是不用害怕的。你不知道,你爸爸也从不会提起,小五其实是你五叔。

我的泪落下来。像个孩子一样去埋怨她,为什么不早生下我?我若在,一定会跟着他的,一直跟着他。我要看看那个大肚子女人到底是谁,还会把她抓回来,说不定就成了我的婶婶。娘笑我,总是长不大。

娘跟我说着她的设想,种了菜我给你们分别送过去。现在什么没有毒啊?吃,一定要吃得健康,要好好地活着。

确实,什么都有毒了,即使是三十年前的那场爱情,也要了五叔的命。

谷 雨

春生的娘躺在床上哼哼。

他用滚开的水冲了碗鸡蛋花,给娘端了过去。

娘,喝点鸡蛋花吧!

娘摆了摆手,气若游丝,说,不喝了,娘吃不了新麦,过不了谷雨了!

他的泪像夏天的雨,见不得娘日日夜夜喊疼。娘前几天坐在马扎上摔倒,胯骨骨折。医生说,骨头已接不上了,娘的骨头像朽烂的柴火,任何地方随时都可能骨折。

娘的身体怎么就像糠窝窝了?想起年轻时不停劳作的娘,春生的鼻子又开始酸涩,难道娘真的要离开他了吗?

春生几次背起娘往外走,他就不信哪个医院不喜欢钱,不能治愈断裂的骨头,不能治愈这因为衰老而无法愈合的骨折。可是每次娘都把他劝回来。娘的声音小,说话要费更多的力气。娘经不起折腾,就让娘安安静静地等吧!

春生坐不住,又不敢出去,生怕转眼到大门口的时候娘的最后一口气就没了。才躺下几天,娘的身子底下就长了褥疮。春生要及时翻动娘的身子,可他一动娘的身体,她就更疼痛难忍。

还是只能干坐着,春生得找点活干。娘也不喝水,不吃饭,就是一个劲喊疼!疼!疼!春生的心如刀割一样疼,恨不得娘的疼能转给他一半。小时候春生生病,娘就说,还不如让我受着呢,苦了可怜的孩子。

春生感觉一刻也忍受不了,他闭上眼,在心里默念:娘,今天谷雨,您还是赶紧咽下那口气,见我爹去吧!春生睁开眼睛,听不见了娘的叫喊,娘脸上的皱纹舒展开来。他试了试鼻息,娘已过世。

春生的心放下来,眼里竟一滴泪水也没有了。

电　话

女人像站在地狱门口,红肿双眼,颤抖着抓起电话:我的命真苦,跟你一辈子落了什么好?!

男人正在回宾馆的路上,着急地握着手机,连连道歉:我本该早回去的,可是事情办得不好,回去老总又要指责我办事不力,就磨蹭了几天,出什么事了吗?

女人有一肚子苦水要倒。结婚二十几年来,他总是不了解她的心。他没有带她出门旅行过一次。他没有为她过一次生日。他总是粗声粗气,从来没有甜蜜的低语。他一回家就坐在沙发上看电视,一上床就鼾声如雷。他不与孩子玩耍,更不要说谈心。他一说就是公司里的事情,说钱越来越难赚,还要还房贷,孩子的智力投资也越来越花钱了……

女人哭哭啼啼,失去理智,不知道跟男人都说了什么。男人在另一头耐心地倾听,直到女人最后几句。

女人说,她可能得了癌症,诊断书还在手上呢!医生说要进

一步确诊,还确诊什么！她命这么苦,一定就是。

　　男人血脉偾张,大声说,你千万别着急,今晚我就回去,就是天下刀子我也回去！女人刚刚挂了电话,手机再次响起。本以为是男人又打来的,却是医院那位慈善的医生。医生说,李华女士,我很抱歉,这是一个误诊,给您带来的不便请谅解,祝您身体健康！

　　她好像又被人从地狱里救出,又拨了男人的电话,她想说,亲爱的,医院里说是误诊,你不用着急回来,在外注意身体,少喝酒。可是她不知道,就在刚才,一辆轿车疾驰而来,将男人撞飞十几米。

出　行

　　在小区门口,一个穿着短裙的女孩不知道在跟谁打电话,电话好像没有人接。

　　她的身边,两个同样背着背包的男孩相互对视,很难猜出在表达什么。男孩很普通,都是胖胖的,不是很帅气很英俊的那种阳光男孩。他们俩戴着相同的黑框眼镜,还戴着深蓝色,貌似很深沉的口罩。近段时间以来,我发现很多男孩在大街上戴着口罩逛街。即使是进了超市,也不会摘下来。他们戴着口罩说话,相互把胳膊搭在同伴的肩上。窄小的黑色上衣裹着还不结实的胸膛。那口罩已经不是在对抗雾霾,完全是酷酷的青春的一种时尚标志了。戴着口罩,他们便区别于普通人,便显得很是特别了。

女孩的妈妈从小区走出来,对着女孩嚷:"你去干什么呀,你往他家里做什么,你这样出去玩,还不如在家里多读几篇文章!"从她妈妈的话里,我大概猜出了女孩以寻找作文素材为借口的出行。到底是不是寻找素材,只有女孩最隐秘的内心知道了。

女孩很不耐烦,紧了紧背上的背包,边走边说:"去了之后大不了我找我叔,住到他家里去,你放心好了!又不是只有我一个人,能出什么大事情!"看着女孩决绝的背影,女孩的妈妈心里一定空了,放弃了,就转身走回去。女儿长大了,怎么也收不回心,这才上初中呢。

他们三人继续向前走,最后来到广场前的石碑旁停了下来。女孩继续打电话,从侧面的剪影来看,她浓密的马尾非常漂亮,整个人都漾满了青春的气息。电话还是没有打通,她转身,急躁地跺脚,好看的一张脸因为蹙眉而变得不那样美好了。这个年龄的女孩,就是生气跺脚的样子也会引人瞩目。

两个男孩在说着什么,我和儿子渐渐走近,他们的话语停了下来。我猜不出她打电话的那个同学是男孩还是女孩,最终认定是个女孩。因为出行的朋友,男女搭配应该成差不多的比例。没有另一个女孩相陪,她的出行应该是一种冒险。她在着急,而另外两个男孩则不以为然。女孩的出行就像一个果敢的背叛。她终于可以像小鸟一样飞出家的牢笼了。可是,在这个过程里却少了一个同伴,尤其是女伴。没有了这个女伴,她的快乐与小秘密与谁分享?她果敢违背父母的勇气因为少了女伴而大打折扣。

女孩的眉心怎么也无法舒展。再往前走就是车站了,她肯定还在期盼电话的回音,可是,不接电话便意味着回绝了。沮丧,沮丧,沮丧,到底该如何决断?这是什么样的朋友呢,说好了的事情却又变卦了。

恰好路过的我,肩上背着儿子的旱冰鞋,它们一前一后荡来荡去地吸引着两个男孩的注意。四岁的儿子则一个箭步挡在女孩前面,两只胳膊伸展成无限宽阔的姿态,要挡住女孩往前走的路。很快,他的双臂又变成了拿着冲锋枪的姿势,对女孩很凶地吼道:"不许动,你被包围了,缴枪不杀!"女孩的注意力还在手机上,愣愣地对着手机出神,仿佛她的女伴会倏地一下从手机里钻出来。

我拉走了儿子,跟女孩指了指后面,她的妈妈还在不远处往这里张望,她原来一直保持着不远不近的距离。我认识她的妈妈,也了解这个各方面都很优秀的女孩子。她的出行,我猜不会酿出多大的恶果,她是个有理性,有分寸的人。可是身边的男孩就不确定了,她迫切需要一个女伴,来完成他们脱离父母的一次轻松旅行。又或者,他们结伴要找到那个她心仪的男孩子。而那个男孩的家,正好在风景区周围。这个出行,可以增加一点共同接触的机会。然而,男生女生在一起出游并疯狂地过一夜,恐怕没有哪个开放的家长,尤其女孩的家长会举着双手赞成。在青春期,他们总是由男孩女孩出行想到出走,叛逆和怀孕。女孩的妈妈是个清洁工,她大概每天一大早清扫大街的时候就能看到搂搂抱抱又如鸟雀散开的男孩女孩。当然,她的扫帚下面,每看见一个秽物就惊惧一次。

我走进广场,去陪孩子溜旱冰了。我有瞬间的犹豫,是不是该为女孩做个决断,又害怕我跟她的妈妈站在一样的立场,反而激发她的逆反心理。我很在意这个女孩的决定,这个春天的出行有点失去了平衡,这个冒险与叛逆打了一个擦边球。

儿子刚刚开始学习溜旱冰,脚站不稳,我必须全部的精力都用在他身上,不敢有一刻的放松。对孩子,只有眼睛看到还不放心,手还搭在他的肩头。我偶尔回头看女孩和两个男孩,却已经看不到他们的身影了。

你们才是我的处女作

我二十二岁的时候,刚迈出校门就做了你们的老师。而今天,你们都二十八岁了。时光将你们养大,是情谊让我们师生又坐在一起。

回想那个时候,你们那么小,但是一年长大一截,现在一米八三的个子了,站在老师面前,我必须要仰望。终于知道,你们长大了,不再是那个因为班里扣了分就哭鼻子的男生,不是那些不敢高声语,只管上课喊喊喳喳的小女生。

一个青涩的女教师,曾经站在讲台上,面对捣蛋学生写下这样一句,至今仍让你们提起。那句话,曾经是我的高中老师也同样写在黑板上的:"你以为你是谁,你什么都不是,狗屁!"这么犀利也这么粗口,然而你们都记住了,我也记住了,并且时时鞭策自己。这句话可以给自己,也可以给任何你迈不出去的坎。你可以用蔑视的一颗心面对万物,也可以用来提醒自己。当你傲慢不可一世,当你觉得活得可以了的时候,你还能够清点自己继续前行。

我最欣慰的不是你们哪一个人能够更高更强,而是无论你自己站在什么舞台都能够谦卑又傲然地看待一切,面对一切。你的学业能否成功,并不是判定你人生的一个准则,这对已经长大

的你们来说，是早已明白的道理。但是你的学业不成，会面对更多的艰难。成功的教育，不是让你考上什么学校，而是让你成为什么样的人，有什么样的修养，有什么样的心胸；是让你过得更好，更健康，更幸福。现在的你，无论住着什么房子，开着什么车，有什么样的社会地位，只要在这浮躁的社会里能静下心来，有幸福就去珍惜和品味，没有幸福就去寻找和追求就可以了。人生真是短暂，来不及叹息，来不及比较，来不及沾沾自喜或者万念俱灰。

你们六十三个人，是我深入社会的第一篇处女作。当你们现在转载了我的作品时，我又想起了那时给你们修改作文的场景。你们的字迹，你们的作业封面上的名字我都记得清清楚楚。当时的小脸与现在青春漂亮的脸蛋都写着岁月的痕迹，而且每张脸都能与你们的作文一一对应。记得那天早晨，我像往常一样来到学校准备进教室，而主任告诉我去中心中学报到。突然听到这个消息，我很是不舍得你们，班级成绩刚有转机，正是一腔热血，大展宏图的时候。我坐下来继续批改作文，班里的那次作文还没有批完。我不想去班里告诉你们我要走的消息，我怕我说不下去，说着说着就怕自己哭了，也怕同学们哭了。我是一个最不能控制自己感情的人。你们是我人生中第一批学生，更像自己的弟弟妹妹。如果我去说我要走了，接下来，我该说些什么，什么也说不出。

刚刚接手我们班时，我发现了那么多聪明伶俐的小孩子，特别特别欣赏你们的长处。每个孩子身上，都有我喜欢的特点。当别的班的老师或者其他任课老师说到你们，我总觉得你们不是那样的，调皮捣蛋不是性质恶劣，那只是年龄阶段的活泼好动。这个第六十三名的大男生，现在是个幽默搞笑的老板。你虽然成绩总在最后,但上学的时候总是第一个来给同学们生炉子。另有一回我让你们去讲台上讲故事,只有一个女生勇敢地走上去,为了激发你们,我下了一个断语:若干年后,只有她是最出色的,你们都不如她。这句话一定激励着她,如今做着你们男生做的事情。而你们呢,如果记住了我这句激将法,肯定要争一口气。而我当时说这话的目的,小小的你们,怎么能够体会到?

我还在批改作文,旁边的老师说:"都要走了,班也不是你的了,学生也不是你的了,还批改什么呀?"可是我得把这一期作文改完。就像一个母亲将不久于人世,即使她要走了,她的孩子仍旧是她的孩子,她还是希望孩子过得好。我跟课代表说着下一步的复习计划,接下来的老师会按照我的计划来教学吗?

你们现在笑着说我的教鞭,总是看到孩子们的泪水心就软了。狡猾的孩子会早早把泪水挤出来,回到教室依然故我。我想,咱们不是敌人,警示一下你们就够了,难道让我把你们打个皮开肉绽,死去活来?你们用小伎俩来欺骗一个小老师,只能是美好岁月里最美好的记忆。那时候,你们有童真,我有青春,都是多么珍贵的无价之宝。如果我没有调走,我会教你们更多无用之用的东西。你们应该知道,无用之用比有用之用更有价值。分数不是教育,分数只是考试,分数不能评价你们,也不能评价老师。十年树木,百年树人,真正教给你们的有价值的东西,都在课本之外。

我们相处一年,但是会记住一辈子。以后你们遇见过各种各样的老师,他们其实也跟我一样爱着你们。当你不是老师的时候,你不懂得做一个老师的情怀。当你将来为你的孩子选择老师,你是否眼睛盯着班级耀眼的成绩?你是否让你的孩子误入拔苗助长的深渊?愉快地生活,愉快地长大,这才是你给你的孩子最珍贵的东西。普普通通的老师,也许是最本色的老师。没有光

环的老师，也许是最真实的老师。有的人有着钻石的光芒，有的人却温润如玉。

想说的话很多，你们的道路更加漫长。愿天下的老师与学生相互欣赏，相互爱戴。愿教育少一些功利，多一些人文。你们的腰包鼓了，你们的心灵也要变得成熟。我希望我以你们为荣，希望我花甲之后看到更加谦卑低调功成名就的你们。还要祈祷我们的国家富足，百姓安乐。无论世俗如何占据我们的身心，胸怀天下，造福苍生，你会走得更远，站得更有气魄。我也会眼睛向下，以悲悯之心写人间世事。与大家共勉。

——写在2016年10月29日与学生分手十六年重聚之际，以此纪念。

背后的秘密

小丽给孩子输液，接连扎了两针都失败了。孩子哇哇大哭，她的额头上也沁满了汗珠。

护士小平走过来，轻轻攥了攥孩子的小手，往嘴边一放说，阿姨哈一下就不疼，不信你试试。孩子静了下来，安静地完成了一次扎针。孩子的父母称赞她技术好，不像刚才那位。小平淡淡一笑说，都是练出来的。

姑娘，听说你们练习打针时，同学之间互打，是这样吗？

是的。她想起了父亲。那时，她被病人责备后回家大哭。是父亲一次次伸出他苍老的手让她做试验。

婆婆的天下粮仓

这海绵要是浸了水,就怎么挤都挤不干净。蓝的婆婆,她的唇舌就像那块湿了的海绵,云山雾罩的,水分特别多。

婆婆说,你们现在的头发,黄不拉叽的,还脱发。俺们那时候,哪有什么牌子的洗发水,头发照样油光光的。辫子那个粗啊,就像是现在孩子们拔河用的那绳子;那个重啊,我现在脖子还疼呢。

水,太水了!蓝在心里说,怎么电视上的人不来找你做洗发水广告?

婆婆说,我也从没用过你这种美白产品,我年轻那会儿,皮肤是出了名的白,往地里干一天活,愣是怎么都晒不黑。村里大姑娘小媳妇的,哪个不羡慕?家里提亲的人特别多,你姥姥家换门槛都换穷了。

吹,可劲儿吹!蓝鄙视吹牛。你家里祖祖辈辈穷,是换门槛换的?

婆婆还说,你看你们现在还得催奶,费劲!我那时,喝口凉水都产奶。邻居家二狗子他妈馋得——她不是没奶嘛!二狗子饿得嗷嗷叫唤,整个村子都听得见。他妈就说,你掉在地上的那些,我接来喝行不行?我说,咋不行呢?你不知道,孩子喝这边的时候,那边也哗哗地淌,跟那下雨似的。这边喝完了,那边都淌了一茶碗。什么叫天下粮仓?我看这才是呢!

蓝撇撇嘴,切！你那也叫"天下粮仓"？你看看你现在胸前那两个空袋子,还能看吗？

婆婆说,你看现在都不跟陌生人说话。我以前给一个卖窑货的人施了一碗粥,谁想到二十年后他还记得我。有一回赶集的时候,她一眼就认出我,激动得说不出话来,我还以为遇见疯子了呢,这人呀！

蓝觉得她就更夸张了,二十年后,谁认识一个陌生人呀？同学发小都不认识了呢,见一面的陌生人能记得住？

那一回蓝跟婆婆一起去看卧病在床的姥姥。婆婆要给姥姥接便,擦屁股。她又担心掀开被子会感冒,于是她把头伸进被子里。她弄了好大一会儿才伸出头来,脸憋得通红,还对着姥姥笑,说,娘,你这被窝真香啊！

扑哧！蓝又笑了,不过这一回,蓝背过脸去,再笑,却怎么也笑不出来！

你想要什么样的结局

我要写点东西,手放在键盘上,却什么也敲不出来。

坐在一旁的母亲说,我给你讲个故事吧。你爸爸年轻时做过矿工,一年只在农忙时回来两次。期间通过写信与家里人联系。信呢,都放在堂屋的墙洞子里了。有一天,家里来了个过路人。嘴唇裂了口子,步履蹒跚,落魄至极。他问,嫂子,给碗粥喝行不？我看他的样子,好像有几顿饭没吃,连说话都没了力气。我赶紧让他坐下,自己到饭屋做饭。端上来时,那人也不客气,三口两口就扒拉完了。吃足了饭,他的话就稠了,说是要打听一个人。这个人是某某矿上的,因为下井受了伤,住院呢!先前遇到点事,借了工友很多钱,老婆孩子还不知道,眼下到了农忙,连个路费都没有呢!

　　听到这里,我问,那人姓甚名谁。他说出三个字后,我显出很震惊的样子,要找的就是我孩子爹呀!他更奇怪,说这世界说大就大,说小还真小,竟然这么巧!最后,我把钱包里的零碎都整了整,凑了五块递给他,他说一定捎到,接了就往外走。这时,只听你爸在门外高声喊,孩他娘,快出来搭把手!

　　其实那天你爸爸已经回来,正从地里拉玉米往家赶呢!我估摸那人是无意间看了墙洞子里的信,匆忙间记下了姓名和地址。这个劣把头,行骗只能说是遇到了难处。

　　那后来呢,我问。我想知道那人有没有良心发现,我多么希望是个落难的富翁之子。书上写的,不都是这样?

　　母亲说,后来他就走了呀!为别人伸出一只手就一定要带回什么来吗?

　　我跟你爸爸讲了那个路人的事情。你爸爸说,以后就不去矿上干活了,让家里人揪心。

　　不久,你爸矿上出了事,幸亏那时候他已经不在那里了。

阳历年的饺子

那天,她让小儿子继续睡觉,她一个人骑上车子就冲进了雪中。

那天是阳历年,校领导说早饭要聚餐,吃饺子。她已经记不起饺子是什么味了。

来到学校,人差不多都到了。大家搓着手,跺着脚,有说有笑。

领导们在开会讨论包饺子问题,他们总是不慌不忙,而她早晨起来还饿着肚子。九点了,会还没开完。她答应儿子很快就回去给他穿衣服。

十点了,会议还在开。有人坐不住了,"啥时包饺子啊?肚子都唱'空城计'了!"

雪越下越大,会议还在进行。几个离家近的撑不住都回去了。她不知道儿子怎么样了,他自己没穿过衣服。她实在没有那个勇气饿着肚子冲到风雪里去。

十一点过了,领导打开门,给老师们说:"大家都回去吧,今天准备得不足,不包饺子了!"

她啊地哭了起来。她看见一个小雪人儿朝她走来。他的小袄只系上了两个扣子,脚上穿反了两只鞋子。他身后的小脚印很快就被雪掩埋了。

"妈妈——"她的心都要碎了。

这一哭就是二十多年。每年的这一天她都会收到来自各地的元旦贺卡。她早已白了头发,她教了一辈子数学,但还没有计算出一个孩子在雪地里走八里路需要多长时间。

她说自己当年怎么那样馋,不是一个好母亲。她是我的老师,我每年都去看她。

生活多美好

她接连打了几个电话,都是以前的朋友、同学。听到他们情况都很好,她就高兴。

她把几件自己很满意的衣服叠得整整齐齐,胖了一辈子了,现在瘦下来,终于圆了美丽的梦,不禁欣喜。

接下来,她躺在床上,欣赏着光洁的双脚。脚刚刚泡过,修剪,按摩,看起来那样舒服,那样惬意。正想睡时,她听到了楼上的吵闹声,紧接着打碎器物后刺耳的尖叫声。她穿上衣服,上楼敲了门。此时,楼道里静悄悄的,没有人去搭理吵架的小夫妻。门被敲开了,女人披头散发,问她有什么事情。她说没什么,听到动静,以为进了小偷。

她闻到烧煳了的气味,晓得女人厨艺不佳。第二天,她端了一盘麻婆豆腐上去。她说做多了,浪费了可惜。有时,她也端个酸菜鱼上去,说是招待客人的,却不吃鱼,就端上来,尝尝味道。她走后,女人说,神经病,不过赶紧吃吧!男人说,自己动手,丰衣足食。

楼上的小夫妻到底离婚了。男人走的时候敲了她的门,里面静悄悄的,像是从来没有人住过。过了很久,门开了。

男人看到她的样子吓了一跳。谁也不知道,她得了癌症,身体疼痛的时候,她也疼得死去活来,面目扭曲;可是过去之后,面对温暖的阳光,清新的空气,她就闭上眼睛享受一番。她刚刚从死亡的山谷里爬出来,听到了越来越急促的敲门声,挣扎着起床去开门。

男人只道了声谢就走了。她还是常常把好吃的菜端到楼上去。年轻女人的房子凌乱不堪,不过很快就要易主,因为女人又要结婚了。女人走时也敲了她的门,这一次,门永远地关上了。

他的样子

那边来电话说,他快不行了,目前在医院。

他问娘,您去看他吗?娘说,我这样子,还能去吗?你去吧!到底十几年不见!

他想,要是他需要输血,他就把血还给他,哪怕抽干自己的血,让他再活回来。

他来到病房,10号床,床前没有一个人。旁边的病号说,照顾他的人去买饭了。床上,高大英俊的往昔,变成了一把白色的干柴。他返回护士站,再次确认,的确是他。他现在的样子,他确实认不出了。他年轻时的样子,也怎么都想不起来。

他想握一下他的手,那手干瘦,没有一点肉。肉体总是脆弱的,说没就没了。他始终没有把手伸向躺着的他。他猜测那手不再有小时候的温度,想来现在已经凉了。

他还在想他年轻时,到底是什么样子?他实在是觉得难受,不是因为他的生命之灯即将熄灭,而是因为他想回忆他的样子,却怎么都想不起来。

照顾他的女人回来了。吃饭、喝水、吃药都是从那个小管子里推进去。如果没有她,眼前的人应该是娘。

几天后,追悼会上,他茫然看见了那张遗像,忽然与脑海里残存的影像相合。他悬起来的一颗心,终于放下了,这个人确实是自己的父亲。

酸涩的煎饼

儿子去医院了,媳妇生了个胖小子。

老头子说,老太婆,你先带五百元过去。到了医院,先别把钱给他,太少,等卖完了那几头猪也不迟。这钱就是住院期间的吃喝用。

到了医院,老太太不会坐电梯,出了门就分不清东西南北,索性把钱给了儿子。这吃喝的事,就交给他吧!儿子拉下了脸,每到吃饭时间就打两份,一份媳妇的,一份自己的。至于老妈,她带来了煎饼。

晚上孩子哭闹,媳妇在床上不能动,儿子的困神来了,几天不合眼,此时已经呼噜打得山响。老太太笑眯眯地抱着孙子,对

媳妇说，小时候，他也是这样哭闹，我和你爸轮流抱，还颠，有一回你爸爸走着走着就睡着了，撞了墙都不知道。

　　第二天，儿子还是打了两份饭，有肉馅包子，还有两个小菜。许是买得多了，两人吃完后还剩下一个包子。儿子问，妈，你吃包子吗？老太太眼睛一潮说，吃！老太太接过包子，三下两下就吃了下去。吃完后，她抹了一下嘴说，真香啊！你小时候就喜欢吃肉包子，你爸爸没少给你买。你还记得吧，他从工地上干活还给你省下一个包子带回来。他干的活是力气活，吃不够可要伤身子的。你爸这人，活了一辈子就是喜孩子，只要想要，没有不给的。媳妇说，我饿了，想吃个煎饼。

　　晚上，老太太继续熬夜抱孩子。媳妇躺着睡不着就听老太太讲旧事。讲着讲着媳妇就睡了。

　　第三天早晨，儿子依旧打了两份饭菜。不同的是，一份给媳妇，另一份给老妈。他自己拿起煎饼，很有力地嚼起来。煎饼有些酸，但不及昨晚老妈讲的往事酸。

沏壶新茶

　　午饭罢，婆婆觉得今儿饭有点咸，想是儿媳妇的盐又放多了，就想坐下来喝杯茶。

　　她清清嗓子说，把旧茶倒了，沏壶新茶！虽然茶壶就在自己的手边，但是她还是想试一下自己做家长做得怎么样。

　　儿媳收拾完碗筷桌椅刚坐下来，屁股都没想挪一挪。

儿子认为刚吃完饭,过一会儿喝也不迟。眼睛还是盯着电视里周星驰的精彩表演。

女儿懒懒的,期待别人的行动。女婿觉得自己是客人,且此时也不想喝茶。

四个人都没动。婆婆对这个实验结果很沮丧,就再次重复了刚才的话,不同的是音调高了一些,而且前面还点了儿媳的名字。

儿媳心里不快,原来第一遍就是说给她听的呀!但还是照旧提起了茶壶,脸上没露一丝不悦。儿子的大眼向老妈瞪了瞪,转身去拿茶叶。女婿上前一步提起水壶等着冲泡,女儿赶紧拿了茶杯去里面冲洗。

小孩子刚会数数,用手指头点着大人们的个数。一、二、三、四,妈妈,我知道了沏一壶茶需要四个人。

儿子倒茶,问了几个人都不喝,只给老妈倒上了。老妈喝一杯,儿子倒一杯。婆婆端坐在椅子上,眼睛眯起来,对电视上的内容,似看非看,似懂非懂。

晚上,女婿跟女儿说,你妈当着儿子女儿面支使媳妇做活,嫂子人不错哦!

晚上,媳妇对儿子说,以后你妈点了我名的活儿我才做,不点名的就不做了。

暖　冰

儿子把娘扶上自行车后座。

娘,您坐好了没? 我要上公路了。

娘闭着眼,一手搂住儿子的腰,一手拐着小包袱说,坐好了儿子,你慢点骑。

娘,您到了大姐家,可得多住一阵子,把您这咳嗽的老毛病好好养养。您看,您晚上一咳嗽,小燕就起来倒水,她可是要高考的人了,晚上老起就养不好精神,养不好精神就学不好,学不好就考不上大学,您老不就白疼她了?

我晓得,我孙女孝顺我,我不能耽误她。我听你的,多待一阵子,等燕高考完我再回。

高考完后再过一阵子吧! 燕她妈神经衰弱,这段时间为燕的学习担心,整夜整夜睡不好觉,燕考完了正好休息一下,调养身体。要是您半夜里咳嗽,她还是睡不好。她要是身体垮了,苦的是您儿啊,是吧,娘?

娘说,是,那就等到年根儿回。我不能在闺女家过年哩!

儿子笑了,娘啊,什么时代了? 她家冬天供暖好,您这毛病娇气,就她家里舒服。

那我就开春回来。过了一冬,就算又熬过了一年。

再等等,娘。春天,燕儿也开学了,我和燕她妈琢磨着出去打工,给燕赚个学费。上大学,吃的穿的总不能太寒碜!

儿子说着,到了上坡路,他有些气喘,还解开了领口。

娘用力拉住车子,让儿子下来,慢慢扶他坐下说,孩子,你兄弟两个,姊妹两个,哪个也比你家条件好,我就是不放心你呀!你有心脏病,娘揪着心哩。

黑　子

迎面扑来的是我的黑子,我家的狗。

黑子总是坐在路的中央等我。它只要看见背着断了一根背带的破书包的小女孩就快乐地扑上去。

黑子的热情无法阻挡。

它的两只"手"搭在我的肩上,脸竭力地贴上我的脸蛋。我总是往后仰,往后仰。双手使劲推开它的这份热情。

黑子再转到我后面去。"手"重新搭上我的肩,头绕过我的脖子伸到前面,嘴巴贴住我的耳朵。

我还是走我的路。

黑子又去招呼我的朋友。它的那份热情往往让我的朋友们哇哇大叫着跑开。

每当这个时候,我就感觉自己是个富翁。我有黑子。

强从远处跑来,兴奋地告诉我,你妈妈回来了!

我立即掉转了回家的方向。黑子跟着我,是我永远的影子。

那一年,我以为我是一个孤儿了。

除了黑子在大街上等我回家,我以为我是一个孤儿了。

我走我的路,黑子跟在我身后。天暗下来了,我在每条街上游荡,后面跟着我的黑子。家家户户的电灯都亮了,星星也亮了。黑子一声不响。

我不停地走着,抬头看看凉凉的星星,再低头看看黑子那两个亮亮的眼睛。我不想回家。

你妈妈回来了。这句话和黑子同时跟随着我。香气从各家飘了出来,到吃晚饭的时间了。黑子使劲地嗅了嗅,它依旧安静得像我孤单的影子。

黑子想回家了。屋里的一些人还没有散去。妈妈给我拿出几件玩具,很尴尬地递给我。她失望地发现我已经不需要这些了。

妈妈说这次回来就永远不走了,在城里待一年也没赚到多少钱。她在跟我说还是跟她们说,我不知道。妈妈走的时候,还没有黑子,我也没有长大。

人生得意须尽欢

说过了不领孩子来,不给他烧纸钱,可是她还是来了。野花朵朵白,似乎在为清明渲染一点苍凉的气氛。

他活着的时候有句口头禅——我死了,你再找个好的。为此,她常常骂他,死去吧你,死了也不让孩子去给你烧纸钱,让你做个穷鬼。他则一手拿酒瓶,一手抓肉,口中嚷着,"人生得意须尽欢,莫使金樽空对月。"我虽不得意,但畅意! 遂大快朵颐。医生不让这样吃,说他其实已经是半个人了,再不好好保养,走得是很快的。

没生病前他不是这样子的,她常常这样安慰自己。那时候,他非常爱干净,言语温柔,两人相敬如宾。结婚前他更是才华横溢,风流倜傥。再之前,他们青梅竹马,两小无猜。她无法想象,眼前是一抔黄土,一袭凉风。

她带来了一个本子,那里有他的笔迹。她撕下一页,让儿子读一页,然后烧掉。儿子读着读着泣不成声,她就接着读,然后扔在熊熊的火焰里。

好了,我们回去!她拉起儿子的手说,你将有一个新的爸爸,我们会开始新的生活,这也是你爸爸的遗愿,对吗?

她的另一只手缩在口袋里,悄悄留下了最后一页。

"敏,原谅我选择了醉生梦死的方式。早就知道,属于我的日子不多了,但你还有你的下半生。人生得意须尽欢,对你对我都是这样的,只希望你的将来幸福。"

阳光洒在他们母子的身上,她的心里暖暖的。

卖花的男人

我向窗外望了一下。远处,一个男人正歪着头,半侧着身子,弯腰看一盆花。那花大概还没开,或者压根就不是开花的植物,也许只是四季常青的那类植株吧,我想。

男人长时间的端详,像一个情种看他深爱着的女人。每个女人都爱花,但是养花的大都是男人。主任告诉我有关那个男人的事情。你别看他整日栽花种草的仿佛很有情调,其实不然。他有

两个孩子，一个初中，一个正在我们学校上小学，都是花钱的年龄。可是他呢，就在这个小学校的食堂里炒菜，一个月六百块，只图个清闲吧，捡破烂都比这强。家里两亩地，勉强混上饭吃，摊上这样的爹，孩子受苦呀！

我则仔细看了他的花，花盆也是分类的。最外面一排是白瓷的，摆在平房外的左侧；第二排是红色泥巴盆，摆在几个方凳上；第三排是那种土色的塑料花盆，摆在一张长桌上。远远看去，步步登高，极有层次感。即使花儿没开，也能感受到舒心惬意。

我很好奇，径直来到小屋跟前。我问，这花卖吗？我指的就是刚才男人侧着身子，弯腰端详的那盆。

卖啊，只是这盆还不到开花时候，早晚要卖的呀！

我执意让他开个价，其实开花是早晚的事，又何必等待那一时？

你不明白，他又说，我儿子要等到花开才允许卖，因为他要搬着那一盆给他妈妈看看去，他妈妈去世一年多了。

我买下了所有的花，除了那盆花之外。我答应让他做学校的园艺工作，他很欣喜，一点不像四十岁的样子，还像孩子似的问我是不是新来的女校长。

路　口

他观察好了，放学后老师必经的路口有个麦垛，正是他打伏击的好地方。

那年他刚读高三，考名牌大学都不在话下，可就是没命地喜欢上了一个女生。她皮肤很白，爱戴一顶暖融融的红帽子。宿舍里有很多男生叫她小红帽。他想对小红帽表白可又担心人家的心里另有其人，因为他观察小红帽看语文老师的目光有些异样，老师看她的眼神也亮晶晶的。

两人一定有猫腻！他攥紧拳头，恶狠狠地想。

那是个漆黑的夜晚，晚自习过后，瘦弱的老师骑着车子回家。看距离近了，他由路口的麦垛猛然窜出，从后面把预先备好的盛馒头的布袋子套在老师头上，飞起一脚将人带车踢翻在地，手脚并用，一顿烂揍。

老师蜷着身子呻吟，他则飞快拉出麦秸下的自行车消失在夜幕里。紧张之余，他在飞速上车时扭伤了脚。那脚也真奇怪，三四个小时后才发作。疼，格外疼。宿舍里的兄弟将他背到医院时，医生说，骨头是没问题的，就是伤了软组织。

他有很长时间在家里躺着，他不知道被打的语文老师怎么样了，更不知道自己内心隐藏了这么邪恶的想法。他简直就是一个无知的暴徒。那布袋子上都有号码，一查就知道是谁。他又扭伤了脚，确认无疑。

返校后的日子却很平静，他将所有的歉疚都埋在书本里。

毕业后，有记者采访高考状元的语文老师。

老师说：他是个好苗子，我相信，他不会辜负我们对他的期待。老师说话时喜欢轻微地点头，下巴上扬，那是肯定一个人的姿态。

他背过脸去，撇了撇嘴，像有一把尖刀扎在心上。

第三辑 长尾巴的城市

我有我的咳嗽

"对不起主任,我迟到了!昨晚咳嗽了一夜,到天亮才睡着。"

我想咳嗽一下表示真诚,但此刻没有一个毛孔不舒服,白白挨了主任的白眼。

有人在打架。打人的恶狠狠地说,谁管闲事就咳嗽一声。我正好路过,正好憋不住咳嗽了一声。

我鼻青脸肿地来到医院。我没有挂外科,而是挂了内科。医生说,错了,应该先包扎伤口。我说没错,我是来看咳嗽的。

医生说,你咳嗽吗?

是的。

可是,从你进来到现在五分钟,我没听见一声咳嗽!

我于是佯装咳嗽了一下。

医生埋头在电脑上操作,又说,我已经把这个号转到精神科了。

精神科能治好咳嗽吗?

放心,能治好。

我来到精神科。我说我只是有点咳嗽。

可是,医生笑着说,您满脸的伤,却来到精神科看咳嗽,还不要家人陪。

我跟他起了争执,他叫了保安,警察不由分说把我带走了。

我妻子把我保释出来。妻子说,我知道你装病不愿意见我,宁肯去医院耍也不愿意回家,你要想离你就咳嗽一声。

我咳嗽了一声。其实我们那时快走到尽头了,这样一咳嗽,就一步跨到了尽头。

我不停地咳嗽。我再次去了医院,挂了内科。医生还是那位医生。他说,比你厉害的我见得多了,放心,我治疗咳嗽是出了名的。上个月有个精神病人还上我这里治咳嗽呢!

我的气不打一处来。由于他的建议,我没有了家。我也要他鼻青脸肿。

这一回,没有人保释我。我不回家,我没有家,我只是憋不住,又咳嗽了一声。

长尾巴的城市

我走在大街上,把自己打扮成一只绚丽的孔雀。

我常常有许多很白痴的想法。比如,我看到彗星有尾巴,流星滑过有美丽的尾巴,飞机隆隆飞过也留下细长的尾巴;爬行动物有尾巴,鸟儿身后的羽毛也有尖尖的尾巴,鱼儿的尾巴悠然的摆动,猴子用尾巴来荡秋千;鼠标、手机、电视、冰箱、洗衣机,它们的身后都有细细长长的尾巴。有尾巴,就很强大。

为什么独独人没有尾巴?这天,我的回头率猛然飙升,街上开始流行长尾巴。

我开了一间尾巴美容中心,也因此成了引领时尚的人物,甚至有些明星出席电影节时还要我专门来设计。我也因此圆了做

模特的梦想。

T形台上,我拖着一条21世纪最漂亮的尾巴,可是有谁知道,盛妆之下我满是雀斑的脸蛋?

现在,离去的男友迷途知返,跟我断绝关系的父母亲戚朋友都簇拥而来,跟记者编造虚假的故事。他们引以为荣,纷纷忘记了我的恶习。我的画像掉在人群里,我看到自己跳啊跳啊,在台上的我,心都要跳出来了。

从此,这个城市变成了长尾巴的城市。到处是夹着尾巴,拖着尾巴,摇着尾巴的人。有的把尾巴缠在身上,像一条蛇;有的把尾巴盘在头上,头和屁股跨世纪地连在一起。尾巴没有任何意义,但每个人都感到无比骄傲。

渐渐地,我有了一个更白痴的想法。鸟儿长着翅膀就美丽轻盈,天使张开翅膀就飞到了每个人的心里,飞机长了翅膀就飞越大洋彼岸,蝙蝠有了翅膀就改变了血统……

我的孩子在吃手指

我和新梅是密友。

有一天在洗手间里遇见,新梅问我,你肚子里什么声音啊,好奇怪啊!那时我已经怀孕四个月,新梅怀孕五个月了。我冲她神秘地笑,凑到耳朵上说,那是我的孩子在吃手指!

我的孩子怎么不会吃手指呢?新梅反问我。

那就是优生优育的问题了,我的孩子天生就聪明!我说。

后来,新梅莫名其妙地把肚里的孩子弄掉了。再过两年后,新梅才怀孕。那时的新梅常常来问我该吃啥喝啥,如何胎教云云。不幸的是,那次是宫外孕,她左侧的输卵管被切除了。再过两年,新梅又怀孕了,又是宫外孕,右侧的输卵管又被切除了。现在,新梅只有去做试管婴儿。

当再次怀孕的新梅来找到我时,肚里的孩子已经四个月了。新梅问,为什么我的孩子还是不会吃手指?

原来她一直为这个事情纠结。我记得我那次开了一个玩笑,因为我的兜里装了一只一挤就叫的玩具熊。

身体的演变

他生下来便是一把标尺,挺拔,直立,周周正正。尺子所到之处,处处以自己的身体丈量。他发现很多都夸大其词,与实际尺寸不符。他很失望,也很伤心,终于有一天,他变成了一根绳子。

绳子说,中规中矩,身体很容易受伤,看我多柔软,可以随意弯曲。如果给我一米的刻度,绳子可以行使尺子的职能。生活中处处能用到绳子,岂止是作为刻度尺?

他担当了最艰巨的任务,成为一根钢丝绳。在一个工地上,吊钩吊起了重物,一个工人负责在重物落地时解开铁钩。可是,作为钢丝绳的他身体在撕裂,最后他啊的一声,身体被拉成两半。他断了,重物轰然落地,那个工人被压得血肉模糊,连呼喊都没有,生命便瞬间消失。

他闭上眼,久久不愿意睁开,他不知道在短暂的时间,自己已然变成一根橡皮筋。

他说,那些无法承受的压力再与我无关,现在的我有了弹性,再也不用担心被撕裂。他也变得漠不关心。没有到达的尺度,他可以拉长身子;一圈圈绕起来,他也勉强行使绳子的功能。

他是一根有弹性的橡皮筋,有时绕在孩子的头发上,有时作为松紧绳束在腰际。然而,他的弹性渐渐消失。最终有一天,他受了时间的伤,身体被拉长后再也没有弹回来。

舞台上的皇后

她往舞台中央一站,全场的观众,眼珠都飞向了台上。

她什么衣服都没有穿!她就那样转了一个圈,前前后后,你却看不到想要看的内容。那些要紧的部位都被长而密的头发重重缠绕,一层一层,一圈一圈,刺激了台下的眼球。而她的舞蹈也注定惊世骇俗,她将一夜成名,威震南北。

当天晚上,她在电话里对朋友倾诉,你知道吗,这创意有多大胆,有谁能具备这样的魄力?只有我。

这时,她的手机响了。她挂了电话去接手机。

"亲爱的,要不是你,我连那个头套的钱也没有啊!怎么感谢?你说怎么感谢呀?讨厌!好了好了,来电话了,晚安,亲爱的。"

爸爸的电话打来了。

"爸爸,您看我的演出了吗?我被封为舞台上的皇后呢!什么？看网友评论？我当然穿了内衣了,但是舞台上就是那样制造没穿衣服的效果,您真是不懂,这是艺术,最刺激眼球的艺术。妈妈要跟我说什么呀？我不冷,我当然不冷,演出场所怎么会冷呢？您就不用操心了。"

她的心一直狂跳不止,她褪去衣衫,又将头套戴上,缠缠绕绕,她的整个人就裹在了纷乱的头发里。越缠越乱,越乱越缠。只有她自己知道,这个舞蹈,她演出了多少场,却从来没有取得今天的桂冠。

杨悠然还伞

杨悠然从饭店里吃完饭出来就下起了大雨。这时,一对男女说说笑笑着从里面走出来。她们带了两把伞,男人的是蓝色的,女人的是粉红色的。她们各自撑开,像雨夜里的两朵花。这时,女人发现了在外面犹豫的杨悠然。

她走到杨悠然跟前说,看这天,雨会越来越大的。她把那把粉红色的小伞递到杨悠然的手里,杨悠然把手挡在前面,这样不好吧！您住在哪,赶明我还给您。

女人说,我经常过来,有机会再还我好啦。之后,男人搂着她的肩膀上了车。杨悠然回家后老婆就起了疑心,哪里来的伞啊？还是粉红色的呢！哪个野女人的？

杨悠然百口莫辩,坚决要还伞以示清白。后来,他在饭店门前守了两个星期才遇到她。他记得女人的脖颈很长,很美,胸脯

高高的，闭着眼也能想出她的模样。此时她正和一位男士亲密地从饭店里走出来。

杨悠然要还伞，女人说我什么时候借给你伞了？杨悠然说，你们两人还真健忘，两周前也是这地方，你们从饭店出来，您看我一个人，非要借这伞给我。这时男人拿过伞一看，这就是咱家的伞嘛，看，还有女儿弄上的污渍。

一个疯子！女人歇斯底里地骂道。男人也生气了，质问女人那天晚上与她共进晚餐的男人是谁，还把伞重重地扔在地上，踏了一脚上去。

杨悠然懵了，悻悻地回了家。

老婆见伞送回去了，心里的石头就落下地。杨悠然讲了送伞的经历，老婆就用擀面杖敲了他的头，笨蛋，没看清男人的样子，怎么就记住女人的样子了？

侧　身

进办公室门的时候，我们都喜欢侧身而入。看，抬头，踮脚，收腹，挺胸，女人显得纤细，男人又显得矫健。

这都源于办公室里的门出了问题。不知怎么搞的，反正是推一把能开到一半，推第二把方能洞开。于是，门常常半开着，谁想浪费多余的精力去推第二把呢？

这天，领导偶来光顾。他是胖子，有事没事喘着粗气，见门半开着就推了一把。没想到一把还不中，又用了点力气才使门大开。

"这门出毛病了,后勤处是干什么吃的?"领导自言自语,但我们每个人都听到了。可是修门就得花钱,换门更要花钱。领导不给后勤处打电话,我们谁都拎不动后勤处的人。

领导走后一段时间,门还是半开,我们进办公室的时候,依旧是抬头,踮脚,收腹,挺胸,侧身而入。时间长了,我们办公室出去的人,女人纤细而妖艳,男人矫健又挺拔。于是,我们先于其他毕业生早早告别了单身。

领导再次光临的时候,门依旧半开。这回他没有推门,而是像我们一样侧身,抬头,踮脚,收腹,挺胸,嘿嘿,他也能进来啊。以后他好像对我们办公室情有独钟,侧身而入的次数也就越来越多。令人称奇的是,他的大肚腩没有了,整个人精神焕发,年底还评上了市里的廉政典型呢。

保安老皮

老皮进来的时候,一个小伙子已经在传达室等着了。不用说,他一定是新人了。

今天,一名新保安要代替昨天刚走的小保安。老皮要带一带他,教他一些行业常识。老皮往常在学校传达室工作,被叫成"传达室老皮";现在,时代稍稍有了变化,被叫成"保安老皮"了。

新保安给他沏茶,续水,嘴里还连说辛苦,辛苦。老皮就微微颔首,嘴里不停地说,干我们这一行,眼要好使,这里,他指着自

己的脑袋说,也要好使。什么人,什么身份,一眼就能看出来,时间长了,眼睛比警探都要毒。老皮整了下制服,大盖帽那么一戴,挺像回事的。

比方说,上边来检查,你明明知道是上级就要更加认真,拦住车辆,签字,还要敬礼;要是偶尔打了个盹,坏人进来了,打死都不要承认,就说坏人是跳墙进来,不是走的正门;要是有人横冲直撞你拦不住就不要硬撑着,也不能不要命了呀;要是领导的亲戚朋友来了,要打声招呼,签字就免了吧;要是领导的相好来了呢,最好是躲到厕所里,装作根本没看见。说这些时,老皮嘿嘿一笑,新保安也笑了。

电话响了,是校长室。老皮让他接电话。只听新保安在电话里说,爸,我帮你找的保安——我那同学还没到,我正在传达室呢。

都有病

很奇怪,这几天我的豆腐脑总是剩一大半。

眼看晚饭时间将过,再叫卖也没什么意义了,我干脆挑着担子回去。我向远处瞥了一眼,"张大嘴"的豆腐脑摊子也开始收工了呢。

这时一个小男孩走过来说,阿姨,要一份豆腐脑。

好嘞!我给他量了满满一大碗,用白色方便袋盛了,还嘱咐他路上小心车辆,注意安全。

小家伙冲我笑笑,阿姨,您病好了吗?不要每天都这么辛苦!

我没病呀,孩子!

小家伙说,那个卖豆脑的阿姨,他用手指着不远处的"张大嘴",她说您有肝炎。

她瞎说!那你为什么还买我的呢,孩子?

他把另一只手里的袋子扬一扬说,看,我已买了她一份了。她有肺结核,您有肝炎,都坚持做生意,还是快回家休息吧!

我的脸红了,轻轻拍着他的小脑袋说,放心吧孩子,我的病好了,她的病也早就好了。

"张大嘴"有肺结核,是我两个月前编的瞎话。

我要找到他

大约五年没有宇夫的消息了,他是我的大学同学,我一定要找到他!

打电话给王峰,王峰说,怎么啦,娟儿,你不幸福吗?算啦,天涯何处无芳草,哥可为你留着小门呢。

打电话给华子,华子说,娟儿,宇夫跟鹿影都这么多年了,你还惦记着呀!唉,得不到的总是好的,妹妹,你等的不是爱情,是寂寞。宇夫这几年换了好几个女人呢!

打电话给甜甜,甜甜说,娟儿,他现在穷得就只剩下当内裤了,你还爱着他?爱过就行了,不在乎天长地久,只求曾经拥有。不忘记他,难道还要跟他相濡以沫?

最后我打电话给英子，英子说，娟儿，他也算是赚过大钱的成功人士，可是上个月我碰巧见他在某个宾馆送外卖。估计是栽了，债务都把他压成相片了。你要是想见他，我把他号码留给你，他可是随时都可能换哦！

我没有打通宇夫的电话。所有的人都不知道他的电话，他真的在我们中间蒸发了。我痛心疾首，每晚几乎都梦见他。

吉人自有天相，当我踏破铁鞋无觅处的时候，一位衣着考究的男士坐在了我的对面。

宇夫！

娟儿！

四目相对，两两凝望，得来全不费功夫。

我说，宇夫，你欠我的三万块钱该还了吧！

械　斗

我男人胳膊上盘旋的两条金龙文身，在阳光下亮瞎了路人的眼。

那两个城管还没来，他早就赤了上身，两腿一叉，抱起胳膊，切西瓜的刀子早就揣到腰里了。

前面较胖的那个抬起胳膊，手指在前面比画着，几乎挨着了我的鼻子。

你，不是让你们靠边吗？不是不让你们撑伞吗？

后面的矮个子说，你们就是不听话，收走！全收走！

我男人站在摊位前,本想当他是个摆设,震慑一下就行了;我呢,女人家撕破脸都没啥,该出手时就出手哇。我先对着胖的那位,你的手指再指一下试试。他一脸的霸气,老子就指你了,怎么着?我就冲上前,但早就有人拦住我,我说谁指了我,老娘就扯断谁的指头。矮个子站得远,却跳了起来,反了!反了!

胖子转而走到我男人跟前,眼看要有一场械斗,我就一个箭步挡在胖子前面。我把自己的男人往后一推,刀子当啷掉在地上。我虽做出拉架的样子,其实右脚狠狠地往后一踩,尖利的后跟踩在胖子的脚面上。谁不知道我男人有些拳脚功夫?若不拉着,胖子还能全身而退吗?

胖子退后,骂骂咧咧,瘸着走了。身后传来了一阵接一阵的笑声,过瘾。

我从笑声里惊醒,唉,又做白日梦。我起床后摸索着做了早饭,这时,男人瘸着残腿,已经从外面探察回来了。

我问,今天还出摊吗?

男人叹了口气说,过几天吧!你眼不好,不要着急做饭。

痛苦之芒

那天早晨,刚过四点多钟,大生就在被窝里踹了一下老婆桂桂。

"起床了,起床了,趁着露水潮,起来割麦去。"

桂桂翻了个身,又鼾声如雷了。大生以最快的速度穿上裤

子,蹬上布鞋。收拾停当,大生又把大巴掌拍到桂桂肥硕的屁股上,"起来,起来,割麦去。"

见桂桂不动弹,他一个人拿了镰刀出了门。

这是天亮以前最黑的时候,路上已经有了骑着自行车上坡的人。三十年前的人,都把上地里干活叫成上坡的。而且,自行车也是最常用的交通工具。

大生骑着那辆破旧的自行车,一路上闻着麦子成熟时候的香气,脚底下全是劲。路边的麦地里,有了割麦子的男男女女,听不见说话声,只听见镰刀嚯嚯地一路杀伐。到了成熟的时节,每个劳动者都是欣喜的。那些满盈的麦子等着播种的人收割,躺在他们的怀里,寻到了生命最终的归宿。一切都显得那么美好。

到了大生家的地里。大生打住车子,吐一口水在手里,拿起镰刀,弓着腰割起麦来。容不得多想什么,天上还有零零散散的星星陪伴着孤孤单单的大生。别人家的地里都是老老少少,大大小小地出来割麦。大生心疼三个孩子,他们觉多,长身体的时候,就让他们多睡会儿。老婆桂桂长得俊俏,跟了大生,因大生疼媳妇,她生了三个孩子后就成了水桶腰,倒还水灵,白嫩,惹得村里人都喜欢跟她逗笑。

大生顾不得歇歇,一个钟头不到,已经割了大半垄。他站起来往远处看,还不见老婆的身影。天大亮了,农人们多是早起割麦,到了八九点钟回家休息,吃早饭。眼见别人家里的劳力们都三三两两回家吃饭,他就想着再多干一会儿再回去。

大生第二次起身休息的时候,看见老婆带着三个孩子来了。老婆来得是晚了些,不过干起活来呼哧呼哧风风火火,她蹲下割麦的时候,麦子在怀里一拱一拱,与她满怀乱动的乳房撞在一起。这个场景,大生是顾不得看的,现在多了几个人,麦子割得更快了些。大生有些恋战，想着老婆刚来，就多干会儿吧！

一家五口对熟透的麦子展开了攻势。麦地变得越来越小，卧倒的麦子越来越多了。看着躺在地里的金黄的麦子，大生用手巾擦了一把脸，对老婆说："回去吃饭，吃完了再回来接着干！"桂桂不愿意，她还不觉得累，一干起活来，她是个不要命的主儿。虽然大部分时间她都懒懒的，但是一旦身体这个机器运转起来，她也不愿意立即停下。

大生重新下腰干活，一会儿，身体的机能又调动起来，眼看着麦子唰唰倒下，他就更来了力量。索性干完了活再回家吃饭。

小儿子开始嚷嚷："回家吧，饿了！饿了，饿了！"

大生看看瘦弱的儿子，正是要开个的年龄，就冲桂桂喊："回家做饭去，我在这里看着麦子。"往常都有麦个子被偷走的情况。辛苦了半年，往返一个钟头就全没了。

桂桂带着三个孩子回去了。大生接着干活。他觉得自己就是一个干活的牲口，只要活在那里，他就不停歇。劳动，让他心里踏实。他是这个家的梁，一家五口，全靠他这根梁来支撑。

别人都吃过早饭回来的时候，桂桂才回去做早饭。眼看着过了十点，桂桂做完饭就喂猪，喂完了猪感觉身子乏了，想躺在床上歇会儿。没想到，这一躺，桂桂就睡到了中午。

大生起初想一口气干完，干着干着就眼冒金星。他扔掉镰刀，躺在倒下的麦地里。望着蓝蓝的天空，热辣辣的太阳正灼烧着麦地，灼烧着躺在麦地里的人。麦子的香气钻入鼻孔。他搓了一把麦子捂进嘴里，麦子的甜香挡不住他的渴。很渴，哪怕有一点点早晨的露水也能解他现在的饥渴。他咽下一口唾沫，干燥的口中却什么都没有。大生自言自语说："饿算个啥，吃一把麦子就成，渴了真是要人命啊！"

他四仰八叉躺在地里,不停地向路口张望,桂桂怎么还不来呢?这桂桂没心没肺的,就不知道来替他一会儿。桂桂啊,桂桂,这人长得没挑,就是眼里不夹活儿,心里也不记挂人。大生不怨她,人是自己挑来的,死活就是喜欢呗!大生见村里的人都陆陆续续回家吃中饭了,自己还没有吃早饭,他的怒火腾地就起来了。

大生可不是个暴躁的人,但他太渴了。他需要一瓢凉水,哪怕只有一口,也能解他火烧火燎的喉咙。此时,他不知道哪里来的力气,他在麦子上一跃而起,嘴里骂着:"老子就要回家吃饭,看哪个该杀的羔子敢偷老子的麦子!"

他骑上自行车,一溜烟就往家赶。从早上四点多出来,他没喝一口水,没吃一口干粮。路上他两眼冒着金星。有个卖雪糕的姑娘走过来,大生掏了掏口袋,竟然没带钱。他重新蹬上车子,路过一口井,他又下车,趴在井沿上享受一点点清凉。他试图找到一个桶,或者再找根绳子,提一些水上来。嗯,他心里想得美美地,若是能提一桶井水喝,那该多舒服啊!可是他遍寻了井的四周,竟然没有找到任何东西。井啊,井啊,他在井里照见了自己的影子,又往下干咽了一口,其实什么都没有咽下去,却感觉喉咙越发干了。

大生重新抓过车子,回头远远地看了看自己家地里的麦个子。远处,他堆在一起的麦个子像个小小的山丘,让人心里踏实。地里散乱的麦子,有的还没有捆起来,任其散乱着。大生想,不捆麦个子也好,贼人来了也懒得捆了。他们偷的话,才不会专门在人家地里捆麦个子呢,这反倒安全了。路上,大生的发小明子正慢慢腾腾骑过来,看到大生这么急就开玩笑打趣他:"大生,走那么急,怕桂桂在家里会野男人吧!"

大生懒得搭理明子。大生知道自己的媳妇，心里藏不住事情，也就藏不了人。当初他选择了桂桂，就是喜欢她没心没肺的俊模样。自己从不怀疑，也懒得怀疑。谁要是开个玩笑，讲个荤段子，桂桂也可能傻傻地问东问西或者憨憨地大笑，笑过之后还是那没心没肺的样子。

终于到家了。这一天，回家的路显得非常的漫长。他放下车子直奔水缸，用水舀子舀一瓢水，咕咚咕咚灌了下去。真爽！他又舀了一瓢水，倒进盆里，洗了一把脸，抹了一把头。回家，真好！此时的他解了渴又直奔厨房。锅里还有早晨剩下的饭，凉了也吃得。他已经饿得什么也不挑了。吃完剩饭，他进了堂屋，却不见桂桂和三个孩子的身影。

"桂桂，你在哪里？怎么没有给我送饭？你想饿死你男人后再找？"

大生进了卧室，见桂桂正和衣躺在床上，睡得正香。

孩子们在另一个卧室里，也是躺在床上，睡得正香。

大生真想把桂桂提留起来，审一审，或者打一顿，揍她的屁股。大生从没有打过老婆。跟大生在一块儿长大的男人，哪一个没打过自己的老婆？轻的重的玩的闹的，唯独大生把老婆供起来，当神仙宝贝供着。他哪还有那功夫？他用水壶灌了一葫芦水，拉过车子就回到坡里去了。

远远地，他看见麦地里的小山没有了。他以为自己的眼花了，加快了车速，仿佛一阵风来到了地头。大生的眼前是平展展的麦地，是黑魆魆的地皮，还有高过脚踝的麦茬。麦子呢？我家的麦子呢？我家的麦子哪去了？我一年吃什么，喝什么？哪个丧尽了良心的人哦？谁看见偷我家麦子的人了？

大生像个女人一样在地头上哭，引来了很多人观看。整个村

里的人，家家户户都留一个人在麦地里看着麦子，一到晌午，可能就在树荫下睡着了。到底谁偷了大生家的麦子，都不知道呢！他们传言偷麦子的人，都开着大车，几个人看到地里没人，三五分钟就装车走人。也有人说，偷麦子的都是本村人，知晓谁回家了，谁在地里看麦子。

　　大生哭一阵，就拿着镰刀，想着往四处找麦子，他也不知道往哪个方向跑。他不骑车子，骑车子不能发泄他的惊慌、他的无助和疯狂。偷麦子的贼，你们让我一家老小吃什么，喝什么？我的没捆的麦子也让你们捆着偷走了，你们做贼的，还不懒呢？你们做贼的既然不懒，为什么自己不干活，偷人家的粮食？

　　大生跌跌撞撞，路上晒的麦子很多，他滑倒了几回又站起来往前跑。他只有不到半个钟头的时间，回家喝了凉水，吃了凉饭，他的麦子就没了！此时，他的痛苦是天底下最大的痛苦；此时，他的老婆孩子还在床上安眠。他爬起来继续往前跑，一路嗷嗷大喊："谁偷了我家的麦子，谁不得好死，谁死在除夕夜里！"这些话，他也不知道自己怎么能骂出来，跟街上骂鸡的老女人没什么不同。大生越跑越快，越骂越有劲儿。其实，他的腿肚子是虚的，像他已经空虚了的一颗心。没有了粮食，吃什么，到底谁偷了他家的粮食？

　　大生跑到刚才路过的那口井旁边。有地里干活的人快速往这边赶，他们叫着大生的名字："大生，大生，你要干吗？"

　　"你要干吗，大生？"

　　他们的叫喊刺激了大生，让大生一下子清醒了过来。大生从井里照见了自己的影子，看到另一个自己，他忽然心生怜悯。他对着里面的自己喊："你知道谁偷了我家的麦子吗？"

　　里面的回声慢慢飘过来："你知道谁偷了我家的麦子吗？"

他感到井里面的大生很惬意,很凉爽,而外面的自己是那样热,那样着急,恐惧,落寞。他想一头栽下去,到那时,他的肚子一定很大。不,那肚里面不是水,是气,简直像一个充了气的皮球。

特殊防盗器

儿子拆开妈妈送的礼物,一把抱住了她。

妈妈说:"我只是想在生日的时候给你惊喜,对不起,儿子,这个礼物迟到了那么久,让你惦记了那么长时间。"

儿子很早就相中了那架遥控飞机。可是有点贵,要二百多块。妈妈摇着头,儿子,毕竟是个玩具呀,我们很多地方都需要钱呢!儿子恋恋不舍地走开了。

"妈妈,我有个秘密要告诉你。"

妈妈说:"我知道,孩子,你不说我也知道,这是每个孩子在成长中都会遇到的事情。"

"不,妈妈,你的抽屉我偷偷打开过,我想自己拿钱去买,因为我怕等得太久会被别人买走。"

"孩子,你不用再说了,妈妈都知道,你一共打开过三次,对不对?可是最终你没拿,妈妈为你自豪,所以想把它作为生日礼物送给你,无论价格多少,因为妈妈明白:童年转瞬即逝,你的快乐是无价的。"

"你有监控吗,妈妈?我们家安了监控?"

妈妈笑了。

"不是监控,是特殊防盗器。我的抽屉里一共有二十块糖果,现在十七块了。我知道你每次想拿钱都会犹豫,但最后理智战胜了冲动。"

"怎么知道是三次呢?"

"小馋猫喜欢吃糖,又不贪心,每次只会拿一块糖安慰下而已。"

爱心疫苗

我打开盒子,这就是戴维送我的东西?

戴维直视着我,不容置疑,他要我注射一针爱心疫苗。

我终于明白,任何疫苗都是双刃剑。如果对恶没有了免疫,肌体不在幸福沉睡中死亡就会被恶杀死。

几年前,戴维被押往刑场,我及时赶到,先向被害人推荐了一针我的最新发明——爱心疫苗,被害人勉强同意注入后,竟出面向法官求情赦免戴维。

经允许,我又在戴维身上注入了疫苗,他的眼神马上变得安宁和纯净。

"送我一针疫苗吧,我有一个逆子,怎么都教育不好了!"很快,刑场周围响起一片求情声,我都一一满足了他们。

被害人家属认为对犯罪分子的宽恕就是助长人的恶行。法官也认为这事荒唐透顶,简直是藐视国家法律,践踏国家法律尊严。我也向他们推荐了一针爱心疫苗。同样,他们前后判若两人。

被赦免的戴维源源不断地从我这里带走了很多疫苗,他是一名极棒的推销员。几年后,我成了财富榜上的明星,他成为爱心大使。又过几年,巧舌如簧的戴维竞选获胜,成了本国总统。

此后,戴维过起了帝王般的奢华靡烂生活,又以爱心为幌子,向不愿注射疫苗的邻国发起战争。我知道,他已经在无数的许愿和演讲中变得虚伪,爱心疫苗已经无法对他起到作用。

"本国之内只有你没注射爱心疫苗!"戴维说。

"可是我得提醒你,任何疫苗都有它的有效期限,过了这个期限,就不会有人支持你了!"

戴维转而微笑着向我伸出手:"朋友,咱们再次合作,让一针管终生吧!"

我把手伸过去,与他紧紧地握在一起。

接下来的疫苗将唤醒所有民众。

少年与医生

给少年动手术的医生很瘦,但眼睛慈祥而明亮,透着睿智的光芒。少年对自己没有信心,对眼前的这位老人更没有信心。老人像是一阵风就能吹倒的样子。少年问医生,我行吗?我能坚持下来吗?我还是有点紧张,我会不会永远醒不过来了?

老人干枯的手拍了一下少年的脚丫说,相信我,孩子,你会睁开眼睛看到我的。比你更大的手术我都做过呢!

少年问,全身麻醉还是局部麻醉?局部吧,这样我可以跟你

们说说话，我睡着了会害怕的。少年说完，几个助手都笑了，因为他很快就进入了睡眠状态。少年睡得很安详，仿佛睁眼闭眼的时间，手术就完成了。

少年问，医生呢？他说过我做完手术会看到他的。护士小姐说，你看不到他了。你是他最后一个病人。动完手术后他就倒下了，你的这个手术消耗了他最后的精力。

为什么？少年问。

因为他得了癌症，剩余的时间都是在手术台上度过的。

少年说，他应该积极治疗，就像他对我说的一样。可是，护士小姐说，医生治不好自己的病，尽管他治好了很多重症病人，延长了很多癌症病人的生命，可是他救不了自己。

少年双手捂住脸，泪水在指缝里滑出。

孩子，你好了呀

阿国一接到电话就快速来到现场，电话里说，娘被同村的一辆摩托车给撞了。

阿国远远看见娘站在那里，身上的泥都不擦，还跑前跑后照顾那个骑摩托车的年轻人。

摩托车撞在十字路口转角的古树上，年轻人已经不省人事。这时，120快速赶到，几个人将年轻人抬了上去。

娘说，咱回吧。

阿国阻止娘，干吗要回？你坐在我脚上，靠到我腿上，就说你头晕得厉害。

娘说,我没事,好好的,咋说头晕呢?

阿国说,听我的没错。于是,娘也被搬上了车。

第二天检查结果出来,娘的头部和其他器官都有不同程度的瘀血。而摩托车手却经过急救醒了过来,没受一点伤。

阿国要摩托车手出钱,可他说没钱,一个子儿也没有。他扬言,你可以揍我一顿,也可以到法院告我。

第三天,听阿国说阿国的娘进了重症监护室,病情发展迅速,医院下了病危通知。阿国将娘拉回家。阿国找到他,家里人说,他已经卧床,成了植物人,你再也不会叫醒他了。

第四天,有人看见阿国的娘开始喝一点稀饭,而且有好转的迹象。

第五天夜里,月亮很好,村庄都睡了。阿国的娘在街上遇见了骑摩托车的年轻人。她轻轻喊着年轻人的名字,孩子,你好了呀?年轻人一紧张,摩托车像长了翅膀……

诸葛亮三秀茅庐

据现在有关人士考证,诸葛亮之姑母就是徐庶的亲生母亲。由于徐庶是个孝子,曹丞相就派人将他母亲接到许都,然后伪造其母的笔迹,给他写了封信。徐庶就投奔了曹操。

徐庶临行前拜别表兄诸葛亮。诸葛亮甚是高兴,对弟说:"上天要帮我,弟走之前可否向刘备引荐愚兄呢?"徐庶说:"可,不过

兄定要用些策略才行。兄要出人头地,定要学会作秀啊!"于是徐庶来到刘备帐下举荐了表兄。言及表兄性格甚是摇头:"兄极孤傲恐不肯出山啊!"

刘备是个大奸若善之人。他暗自沉思:都说学成文武艺,卖于帝王家。他卧龙先生博学通神,不正期待着有朝一日能大显身手吗?至于为人孤傲是学问人的通病。只要能让他跟了我,以后习惯了锦衣玉食,豪宅美女,还怕他孤傲不成?

刘备打算亲自拜访。诸葛亮聪明过人,平时广告做得也不赖,因此,村里每个人都是他的粉丝。这不,刘备还没到村口,村人早早地就给诸葛亮通报了信息。于是,诸葛亮吩咐小童去说:我家先生出去了,不知道什么时候回来。刘备走后,其妻大骂诸葛,家里都快揭不开锅了,你装什么清高?

刘备悻悻而归,转而又喜。心里又打起了小算盘:虽说有些失我的身份,不过,只要能达到目的,什么手段不能用啊!况且,我什么也没失去哪!面子顶个屁用!

第二次,诸葛亮的弟弟到哥哥家讨债。哥哥对弟弟说,只要你把刘备挡回去,以后还怕哥哥赖你的账?弟弟就出去对刘备说,哥哥昨天就和朋友游玩去了。

刘备这次更高兴了。因为他还可以第三次再来,这样的话,即使诸葛亮没有出山,他刘备礼贤下士的做法也会传为美谈啊!只要在外树立了美德,何愁有识之士不来投靠?

第三次,诸葛亮干脆躺在床上假寐。刘备大喜,我可逮住你了!只要你没搬家,至少向我暗示了你的态度。看来,诸葛亮必定要随我了。于是,他对旁人说,不用叫醒先生了,多等一会儿无妨。

这就是历史上著名的刘备三顾茅庐,经现在有关人士大胆考证后演绎成一段诸葛亮三秀茅庐的佳话。考证者接着出了书，接受了采访，一不小心成了名。其书发行量特别大，年终还被评为最现实、最人文的优秀著作呢。

杜江路口的阻塞案

杜江路口发生了一起交通堵塞案。

我放下电话就往外走。这不是一起普通的交通堵塞事故，而是一场空前绝后、旷日持久的战役。所以，才惊动了分管这一路段的所有警员和各方面领导。我虽然不是领导之一，但我有很庄严的使命。

杜江路口是一个比较宽阔的十字路口，按说交通极为便利，极少发生堵塞情况。问题是最初有一个返乡的民工背着他的房子停在了路口。他的房子很大，里面生活用品一应俱全。外出打工的人，因为租金昂贵，就各自建了一间只容一个人过活的房子。这样，他们赚的钱就可以源源不断地寄回亲人那里。当时正值夜间，房子的主人突然脚疾复发，站不起来了。他索性就在路口的房子里休息。后面陆陆续续的同乡都过来问候，便搭伴停在了路口。第二天早晨，路口已经围得水泄不通。他们太累了，眼皮打架，一停下来就不愿意走了。

交警指挥交通，强行疏散聚在一起的蜗居，可是房子太多了，已经有人挤进来喊：早点，卖早点，卖包子啦，刚出笼的包子，牛肉火腿新鲜的，真正的牛肉，没有抗生素和激素的牛肉，热豆

浆啦,鲜牛奶,不鲜不要钱。他们卖各种各样的吃食,当然也背着自己的房子,遇到生意好还能现做现卖,极其新鲜。早晨上班的人也背着自己的房子走过来,又堵住了引车卖浆之流。上班族们干吗也随时背着自己的房子呢?因为资源短缺后,物价飞涨,公司连办公室都租不起了,干脆每人都在自己的房子里办公,里面办公用具一应俱全。如此,公司减少了投入,员工在自己的居室办公心情愉悦,没有压力,累了还可以有短暂的休息。

后来报纸和电视对这一路口进行了报道,便有很多人过来观赏蜗居盛况。有用手机拍照的,有用高级相机拍照的,也有拿着望远镜观看的。一层一层的人群,又挡住了上班人的路,他们进不去也出不来。很快,又有人进来喊:齐鲁晚报,新民晚报,今晚报,五毛一份。报纸很快在人群里卖光,发广告传单的也急急走过来,几分钟就把手里的广告纸散发一空。他们急切地往外挤,可是来不及了,又有一群人挡住了他们的出路。他们各自背着自己的房子,热热闹闹,吵吵嚷嚷。

公共汽车因为缺少能源变得极为昂贵,很少有人坐,除了有钱人去忙商务。一辆一辆的公共汽车停在路边,被人群包围拥挤,车上的人既不能前行也打不开车门。

杜江路口的堵塞终于成为全国一景,不断有来自四面八方的游客前来观光。游客们以旅游为主,当然也要背着自己的房子,谁知道哪块云彩里有雨呀!带着房子,就带了居家性命,走到哪里,哪就是家。谁知这些观风景的人最终也成了风景,被困在路口出不来了。

现在,杜江路口已经不再是路口,渐渐变成一个村落,一个镇,一个小县城,一个城市。不断有人生老病死,也不断有医生被调进来抢救病人,最后,医生再也出不去了,因为外围越来越大,医生背着自己的房子举步维艰,要挤出去,恐怕等到来生了。

　　我背着自己的房子走在通往杜江路口的路上。我的妻子就在当初上班人群中。从之前的电话里得知,为了生存和延续,她已经找到了自己的另一半,一个也拥有自己房子的帅小伙。

　　除此之外,一开始我就说过,我还有一个更为神圣的使命,就是要让杜江路口慢慢解体。它发展得太快了,就像健康人体里的肿瘤飞速扩大。听说他们已经有了自己的部队来捍卫他们生存的权利,制定了法律来约束不法分子的行为,恐怕不久就会有自己独立的组织。有人预测,由一个路口发展成一个国中之国是极有可能的事情。我必须要摧毁他们,我已经找到了摧毁这些蜗居的突破口。

　　我加快了我的步履,但我的房子太沉了。我的胡子开始变白,头发稀少,脖子越来越长,我感觉我的秘密武器也终将会被时间淘汰。忽然,一个逆行的人向我走来,口中吟诵着《登幽州台歌》:前不见古人,后不见来者,念天地之悠悠,独怆然而涕下。我想挽一下他的手,他倏忽之间便不见了。此时,我也想赋一首《新登幽州台歌》,却看到前面路上满是黑压压匆匆赶路的人群,再回头,又发现身后已密密麻麻挤满了急急忙忙的路人,难道我们都行走在去往杜江路口的途中?难道我们也成了杜江路口的一部分?

马倩倩和她的闺蜜

　　马倩倩一周有至少五天与闺蜜约会逛街,乐此不疲。
　　届时,她们姐俩手拉着手,面对着面打量对方。马倩倩是塌

鼻梁，大嘴巴，小眼睛，满脸雀斑。闺蜜则相反，弥补了马倩倩各种不足。

　　闺蜜买了马倩倩穿不下的时髦衣服，马倩倩拍手称赞，美，美，赞一个！马倩倩自己肥胖，一些衣服只能看，不能穿，闺蜜穿上等于自己穿上了，一样高兴。

　　马倩倩与男网友约会，闺蜜也跟着。男网友说，你怎么用了闺蜜的照片来跟我聊天？马倩倩说，我与闺蜜不分彼此，平时好得跟一个人似的，这有什么关系呢？你在意的是我的内心还是外在的形象？你竟然也是这样看重外表的人，如果这样的话，即使你不跟我分手，我也会果断地离开。

　　马倩倩拉起闺蜜的手走了出去，头也不回。男网友看着闺蜜的背影一个劲摇头，可惜了，可惜了。

　　马倩倩躲在一个角落里上网，发朋友圈。她继续把闺蜜的照片放在朋友圈里冒充自己。至于前男网友，他已经不在自己的朋友圈了。

　　马倩倩问闺蜜，我要是你多好啊！我怎么样才能成为你呢？

　　闺蜜说，不要自卑，也不要成为自拍狂，你有你的魅力。我的浅薄外表不足以托起你深刻的内心。别再发我了，也不要发自己。因为我，就是你自拍成的一个存在。我像你虚幻的影子，是内心的你，是你又不是你。我想有我独立的存在，哪怕这个存在本身就不存在。请让我从哪里来又回到哪里去吧。

　　马倩倩哭了，不，没有你，我还能怎么快乐地活下去？现实的我，那么丑陋，在这个拼颜值的时代，谁愿意与我交往？我的真爱在哪里？难道我不能打造内心美丽的我吗？

　　马倩倩送走了闺蜜，将闺蜜的照片一一删除。她陷入一片茫然，除了自拍，她还能找到哪些生活的意义？终于她突发奇想，化装成一个男子,同时又造出一个幽默智慧的男神形象。每天,她把男神请出来,在朋友圈里秀口才,秀美食,秀车子和房子。到处一片点赞声。马倩倩与虚构出来的男子几乎形影不离,终于有一天,男神也厌倦了这种表演。

马倩倩又把闺蜜请出来,让她与男神拍拖。她在局外做一个上帝的角色。果然,男神与闺蜜一见钟情,拍拖成功,迈上了红地毯。马倩倩在旁边一直操纵了她们的整个过程。她几乎无力自拔,这个虚幻的世界真是魅力无穷,俊男靓女成为网络一段佳话。

马倩倩这个时候应该可以坐在沙发上看公主和王子从此过上的美丽生活,可是一不小心她成了网红,有个记者来采访她,正好在路上问到了马倩倩的丈夫。

丈夫说,我老婆也叫马倩倩,这个地址也确实是我的家,只是你们说的那个女人,哦,就是照片上那个人,我实在不认识她。你们一定认错人了,既然不是,我不想让你们打扰我们的幸福生活。

他回家问马倩倩,到底有几个马倩倩,马倩倩是谁?

马倩倩说,这个世界上有无数个马倩倩,全部生活在朋友圈里。有时候是男的,有时候是女的,有时候是老人,有时候是少女或者儿童。

马倩倩拉出闺蜜,丈夫看得两眼发直,找到了,找到了这个人,跟记者说的那个照片是同一个人,我是她的忠实粉丝。那个与你重名的人,就是你的闺蜜?或者说,就是你?马倩倩点点头说,嗯,你每天搂着一个马倩倩睡觉,心里却想着另一个马倩倩。你每天与我在一起亲热,心里却时时惦记着另一个叫马倩倩的人,此为不忠,或者叫作灵魂出轨,我该怎么处置你呀?

丈夫立刻对马倩倩另眼相看,那个闺蜜,仔细看来,确实是

马倩倩的底子。马倩倩化了妆,瘦了脸,塑了体型,活脱脱一个美女。此时,马倩倩与闺蜜渐渐成了一个人,丈夫这才知道各种美女的由来,哪怕身边的麻脸老婆,也可以成为众多男人的女神。他立马有种难以名状的自豪感,看,这么妖娆的女人,竟然是我的妻子。

邮政局的电话

"您好,这里是中国邮政,您有一封信件没有领取,按 9 转入人工服务。"

我毫不犹豫地按下了 9。

"您好,是邮局吗? 刚才电话里说我有一封邮件。"

"这里是安泰邮政局,请问您的名字?"

"田二妮。"

"身份证号码?"

"37098319×××××1234。"

"是一封追缴通知单。还有备注,需不需要我给您读一下?"

"好吧,谢谢!"

"是这样,您 7 月份是不是在 A 市银行办了一张信用卡?"

"没有呀,我从没去过 A 市。"

"我核实了一下确实是您的姓名和身份证号码。您总共消费了一万九千块钱,今天下午四点半前不还款的话,银行就会提交律师函到法院,到时候会强行从您账户里转走。"

"我没有办卡，也没有消费，法院凭什么转走我账户上的钱？"

"您丢失过身份证或者您的身份证复印件被公司泄露了？"

"不可能。"

"那您打算怎么办？"

"我想置之不理。"

"一定要谨慎,现在社会上类似问题很多的。"

"那我应该怎么做？"

"您应该立刻去报案。"

"我现在就去当地派出所。"

"应该去 A 市公安局。"

"可我怎么能联系到 A 市公安局呢？"

"您联系不上对不对？这样,邮局可以启动 110 报警服务帮您报警。"

"报案后会不会做笔录？我可去不了 A 市。"

"那我就不清楚了。"

"那你们是怎么找到这个办公室号码的？"

"您工作多久了？找到您的办公室电话并不难吧！"

"我工作有三十多年了,可是我只负责这里的卫生工作。刚才进来时办公室没人我就接了电话。"

"无聊。瞎耽误我工夫。原来是打扫卫生的,傻蛋一个。"对方挂了电话。

她才是傻蛋。我也不叫田二妮,我给她的身份证号码也是假的。我只是出于道义教训她一下,我与骗子周旋的时间定然能减少另一个人受骗。

竞 赛

我最早听过的故事是阿里巴巴与四十大盗。讲故事的人是一个冰雪聪明又家庭富裕的小公主。上天好像非常优待她,在我们面前,她就是彩虹和太阳。她叫宏。

有一天早晨,班主任老师在班里宣布,我要与宏一起参加一场区里的竞赛。我自然是激动万分。

宏是我们班一颗最闪亮的星星。为此,老师将我俩的座位调到一起。宏说:"等会儿再看书吧,时间有的是,咱先玩一会儿!"她把鼓鼓的口袋拍一拍,里面有好几个橘子。她剥开一个,掰一半放到我嘴里,好甜,好凉,我觉得我们马上就是同一个战壕里的战友,距离一下子拉近了。

我打算好好准备这场比赛,对我来说,意义非凡。我启蒙很晚。脑壳开门时,我已经上小学四年级了。之前,我一直是个不起眼的灰姑娘,从不与别人主动搭讪。我的心里住着一个老人,他不爱动,喜欢琢磨人和事。而班里的坏孩子从没有因为我学习不好而轻视我,我冷静的眼神让他们常常避而远之。我最大的魅力就是安静,老实。

橘子的味道暴露了我们俩的行为,老师让我们到办公室里学习,那里的环境好,定然不会分心。我和宏几乎蹦跳着来到办公室,哇,里面就我们两个人。老师走后,我刚想拿出课本来看书,宏又拉着我的手,给我讲起阿里巴巴与四十大盗的故事。我最喜欢听她讲这个故事,往常她在讲台上讲这个故事的时候,全班鸦雀无声。我们太需要这样的故事了,可是我们的家长都是农民,肚子里没有童话,老人们的肚子里全是鬼神。

"阿里巴巴就这样用智慧的大脑,赢得了世人的尊重和爱戴!"宏最后一句就像背书。我知道,她的爸爸是大学生,妈妈也是有学问的人,读故事听故事对她来说是稀松平常的事情。而我对这些很着迷,一听到故事,别的事情永远退居其次。那就先听阿里巴巴的故事吧。

其实我很在意这个比赛,非常在意。之前我说到我整天安静地看书和思考,似乎学习是另一个人在另一个世界的事情。直到有一天,数学老师再也忍受不了我每次的零分,她咬牙切齿地对我说:"你为什么等号后面从来不写得数呢?"当时,她辅导了我一个题目,我张口就说出了答案,我的心算能力超强。她让我写在等号后面,我才知道等号的含义是什么,也恍然大悟,数学原来就是在等号后面写答案,这与语文是有着很大的区别。也许,她才是我真正的启蒙老师。那个学期,我的数学一下子考了满分。她竟然以为我拿错了卷子,或者别人写错了名字,嘻嘻,好笑。我是全校的一个奇迹,由零分到满分就是眨眼间的事情。天才与庸才从来都是一墙之隔。

我们班最闪亮的星星是宏,可是我一下子就跃居到第二名,仅差一点点,我就能与她齐头并进。也正因为如此,全区的竞赛名额自然落到了我俩的头上。

宏的阿里巴巴与四十大盗的故事讲完了,我第一次听得心不在焉。我拿起书要看,宏又拉住我的手说:"书呆子,现在这里没老师,咱再玩一会儿嘛,再玩一会儿,老师来了之后咱们再读书也不晚呀!"我放下书,问她:"玩什么呀?"

她从口袋里变戏法一样拿出一根绳子，我看见她做成了降落伞。她不厌其烦地教我，仿佛我是高高在上的公主，而她是我忠实的仆人。她穿着妈妈自己裁剪缝纫的小西服，里面透出粉嫩粉嫩的衬衫领子，那是漂亮的公主领。这样的衣服，我们普通人家的孩子都是来看的，而不是来穿的。我能受到这样光彩照人的衣服的主人垂青，自然是言听计从。表面上是她热情地向我献上她仆人般的殷勤，而实际上，我是在被她牵制，没有自己的独立思考和行动。一旦我脱离了我独立的思考，我预感到，我肯定要以失败告终。

　　我投降了，我想放学后再读书也不迟。于是我陪着她，一直玩了一个下午。放学后，我背着书包与宏并排而行。宏的皮肤白白的，嘴唇特别红，一说话就露出雪白的牙齿，我们走在一块儿形成了一个很鲜明的对比，我的衣服皱皱巴巴，全是姐姐们淘汰给我的。我的皮肤也没有她白，与她在一起总想着赶紧逃离她，回到我普普通通的人间天堂。

　　路过我家门的时候，宏挽着我的胳膊说："咱们一块学习吧，一块学嘛，我到你家去！"她嘟着嘴唇，有点撒娇的样子，让我不容拒绝。她说着就与我一起走进我家黑黑的屋子。我家里有个小客人，她看见我回来了就张着小胳膊让我抱抱。我抱一会儿就说："我明天要去参加区里的竞赛，没时间陪你玩啊，小乖乖！"我拉着宏进了里间，拿出书包，掏出课本准备读书。宏也把书包里的书拿出来，正想学习呢，她忽然想起了什么，问我："那个小孩是你家什么人？"

　　"是我外甥女，我表姐家的孩子。"

　　"你喜欢她吗？"

　　"当然喜欢啦！"

"她喜欢吃葚子吗？我们去桑地里采葚子去吧，给她吃，我们也吃！"

我不想去采葚子，妈妈说葚子很热，吃多了流鼻血。可是她硬是拉着我出了门。我就是这样，只要在一起的时候，一般喜欢迁就别人，我不喜欢自己的这个性格。然而，我的朋友很少，她也一样。班主任经常叫她"骄傲的大公鸡"，别的同学也这样叫她，我猜很多人因为她的优秀与光芒而嫉妒她。她与我在一起的时候，一点都不骄傲。反而有点担心我不与她在一起的样子。

来到地里，我敞开了肚子吃，她也吃得满嘴青紫，像个妖精。我笑话她，她也笑话我。青葚子酸得我们口水直流，口中一边吸溜一边大笑。静下来的时候，我只是觉得我们之间依然很遥远。她过分的热情，而我全身上下充满了自卑。我是一颗刚刚升起的小星星，我想变得亮一些，不愿意辜负老师给我参赛的这个名额。

回到家里，我们把葚子分给每个人，与小客人一起玩儿，一直到天黑。还好，我打算等她玩够了回家后我再读书也不迟。她匆匆忙忙装完了书包出门，我终于舒了一口气，剩下的时间是我的啦！

晚饭后我躲在屋子里学习，发觉我的书找不到了。忘了说了，我们的比赛是自然知识比赛，内容出自《自然》这本课本。可是这本书找来找去就是找不到。一直到睡觉，我也没找到。我郁闷又恼火，忽然想到了她，我猜是不是被她装走了呢？

第二天一早，太阳像下了火。我们两个在路上边走边玩。蝴蝶翩翩起舞，我们也穿梭在花丛当中，跑来跑去，前面忽然没了路。我们退回来，眼前有两条路，她又不记得走哪条路了。

我问她："宏，你不是跟老师保证过，你记得路吗，怎么现在记不清楚了呢？"

"我以为记着呢,现在却想不起来了。不着急,咱先歇会儿再说。"她记不清路了,但说话依然胸有成竹,我真佩服她。

"你渴不渴?"她问我。

"我渴了,你呢?咱们还是选择一条,赶紧走吧,总得走一条。"

"不急,不急,真的不急,你就放心吧!休息一会儿,说不定我就想起来了呢!"

我们就那样在路口坐着。老师定然不觉得那种比赛是一个多么重要的事情,否则,不会让我们两个孩子单独出门去考试。而且,我们也没有表,也不知道几点考试,考试的事情,似乎若有若无。要说什么都是浮云,我觉得当时竞赛测试就比浮云还轻。只是在我心里是重的,那是我开化之后的第一场关键测试。

宏把草茎含在嘴里,哼着歌儿,一副潇洒自在的模样。可是我内心是着急的,一直催她:"走吧,走吧,宏,晚了就结束了!"宏有经验,稳稳地说:"慌什么呢,没什么大不了的,不就是考试吗,咱们出来好好玩玩儿!"

她怡然自得,我心急火燎。我第一次参加区里的竞赛,我想取得一个好的成绩,可是她不慌不忙的样子真是让人恼火,大为恼火。

我问她:"我的书,你见了吗?我昨天没找到呢!"

她低下头,拉开书包的拉链,翻了翻,果然,我的书在她书包里睡大觉呢!她是故意装错的吧?我不去想,也不愿意去想,以后我得好好保管好我的东西。

看见书,我像看见了旧友。休息的时间,我想翻翻书。因为我平时不大看这种副科的书。她拉起我的手说:"别看了,我给你讲阿里巴巴与四十大盗的故事吧!"

我不想听故事了,此时,我觉得我的智慧与阿里巴巴没法相比。我的脑袋里装的知识很少,我要学习,必须学习才能应对这场竞赛。

"好吧,不讲故事,咱就走吧!"她把我从地上拉起来,我们继续赶路。

这时,有几个高个子女生骑着自行车过来。她们看见我和宏就下了车。

"喂,是不是参加智力竞赛的同学?你们这样走,什么时候到啊?来,上来捎着你们!"

我不认识她们,但宏认识。她们比赛的时候见过面。

我想坐她们的车子,我最担心考试迟到了。可是宏说:"你们走吧,我们能走到,晚不了呢!"我与宏是一起的,就想跟她做个伴,也对她们说:"你们先走吧!"

她们走远了,宏说:"如果跟她们走了,考试的时候,她们要是不会了就要求抄咱们的,成绩就比我们好了,所以,我们才不坐她们的车子!"

我整天思考,却从来没想到宏说的这个事情,看来她的心里也住着一个人,那个人可不一般。

我们两个继续走啊,走啊,我觉得永远走不到,但最后还是到了。已经有人从考场里出来,我们才刚刚走进去。那些题我都没见过,但书上都有,或者书上没有的,答案也在书里。以我的脑筋,复习一晚上是绝对能够应付的。

后来,班主任晃着满头的卷发,带着头发上好闻的香味走到我跟前,将返回的卷子交给我。我扫一眼成绩,红着脸装进书包。那是我唯一的一次作为学校代表参加的竞赛,我考砸了,宏考得也不好,但远远高于我。这样就够了,至少在她认为。

私人诊所

牙科诊所有两名年轻的医生。一个清瘦,英俊,长着一双大眼睛,不知道叫什么名字,只听人叫他果子;另一个白白小生,长着一双温和又不乏调皮的眼睛,很活泼,常听人叫他小木。

果子稍稍有些名气。在这里看牙的多是慕名而来。果子给人诊治的时候很专注,极少抬头,从不知道他身后的椅子上有几个人排着,做完了一个才问下一个的情况。有时,果子来了电话就到外面接一下。果子的业务多,也就经常出入接电话,一不小心就把病人撂在一边。不过时间不是很长,但病人也需要一份不菲的耐性。尤其是诊治一个病人时接连接几个电话的情况。

小木就不同了。小木后面的椅子上排的人就不多。小木给人做牙的时候谈笑风生的,粗短白嫩的手指像个刚长大的娃娃。小木做牙小心,细致,不时问一下病人的感觉。而且诊所的门一开,他都要抬起头,无论是陌生人还是常客,他都要问一下,怎么了?哪颗牙不舒服?现在疼吗?问到的病人很自然地坐在他身后的椅子上。但是也有一些还是挑选了果子背后的椅子。有时,小木的病人做完了,果子后的椅子还是人满为患。小木会很轻松,很随意地与病人搭讪。有的病人就眼前一亮,这个小医生也不错嘛!不是什么大问题,找他看看也行啊!于是,小木就忙开了。

果子的确比小木做得多些。但渐渐地,小木后面椅子上的人也多了起来。大多是上次来了预约过的。小木招呼的人多,预约的也就多了。相反,果子椅子后面的人略略少了,老年人占了多数。那些斑白头发的老者牙齿的问题很是棘手,有的是在村里的集市上镶过的牙,牙根就没有处理,现在假牙又要坏了;有的是牙床松动,牙齿渐少还想镶牙。果子总是先根据病情、年龄来判断怎样做达到最好的效果,另一方面还要给老人讲解,让他放弃当初的不对想法。对于风烛残年的老人,果子显得更利落,更娴熟,很短的时间里就能让老人从牙椅上走下来。老人会问一句,这就完啦?果子答,完了。

小木的椅子后面多数排着妇女和儿童,甚至有些时髦的女郎也常排在这里。细想起来并不觉得奇怪,果子酷酷的一张脸总是低下来做事,从不知抬起头来看人,倒不如眼前这个和善的娃娃脸来得亲切。不过做牙和等待的间隙,一双双眼睛也经常向对面飘去,或者经意,或者不经意。有时碰到小木正好有事出门,预约过的病人就向果子打听。果子就问一下情况,能处理的善后小问题他就帮小木处理了,而对另一些刚刚开始整牙的客户就说一声抱歉,小木今天突然有事,不能上班。有时间的话明天再来,若是现在疼我就先给你看看。

有个孩子需要拔牙,孩子的父母坐到了果子这边的椅子上。孩子说,我不打麻药,麻药太疼。果子劝了半天始终没有撬开孩子的嘴,后面的病人更是不耐烦。小木走到果子面前说,来,小朋友,叔叔不给你打麻药,叔叔只给你看看。孩子乖乖跑到小木的牙椅上,张开嘴。小木问,哪一颗?孩子就用舌头,用手指。小木说,放心,你看我手里没有拿钳子吧!是这颗吗?孩子摇头。小木又问,是这颗吗?孩子还是摇头。问了第三次后,小木医生似乎才找到那颗牙齿。小木问,是这颗吗?孩子点头。小木说,男子汉,声音这么小,是不是这颗?孩子大声回答,是!小木说,再大声!孩

子说,是!小木说,好,现在张大嘴,我看看它有多坏。他把手指伸进去,如探囊取物般,孩子没顾上啊的一声,一颗牙就落在小木掌心了。孩子说,叔叔你骗我,不过牙下来了,谢谢你!拔完就不用打麻药了吧!小木说,拔完还打什么麻药,只有勇敢的人拔牙前才不打麻药。孩子说,妈妈,你看我多勇敢,没打麻药,牙就下来了呢!

  小木给一个女孩看过牙,但总是有一个小问题没有解决。女孩已经来过多次了,小木只是说适应一下就好了,不行的话过几天再来修修。几天后女孩再来,小木修了几下就让她再适应几天,不合适再来。女孩又来了,但小木恰好不在。果子问她,什么情况?女孩说,修一下,牙齿有些长。果子让她躺在牙椅上,不到一分钟就解决了全部问题。女孩说,果子,你的医术真高,小木让我来很多次了一直没弄合适,谢谢啊。小木正好走进来,不知道有没有听见女孩的话。他再次检查了女孩的牙齿,问,不错,适应下来了吗?女孩说,适应了,是来谢谢你的。小木说,来,我看看你的牙,我记得有一颗牙需要清洗。我给你清洗一下,免费的哦!女孩再次在牙椅上躺下来。

  后来,小木走了,在另一个小镇开了一个私人牙科诊所。那个小镇便是那位姑娘家所在的小镇。那天,姑娘走后,小木对着果子说,哎呀,老兄啊!哎呀,老兄!果子忽然间就明白了,这小木的心眼儿!

  果子后来找了一个开朗活泼的女孩,结婚后也离开了这个诊所,回自己老家,大概也开了个诊所。这个镇子上的私人诊所就少了两个年轻医生。诊所的主人已经上了年纪,但宝刀不老,披挂上阵,不减当年。只是他有个爱好,烟不离口。即使给病人做牙,两手都忙的时候,嘴上也会叼上一颗燃着的香烟。袅袅烟雾向上蒸腾，烟灰则多落在病人的想象里，是不是要掉下来，落在自己嘴里呢？病人这样担心，常常忘了自己做牙带来的恐惧。

牛　郎

他的脸上被抓出了一道道血痕，胸口被踢了几脚都已经记不清了。他被抬到教导处的时候，年轻的教导主任又补上了一脚。

他蜷缩在地上。主任说，你起来！起来说话！你说你是不是流氓？流氓！你知道你这是做什么吗？偷窥！此时，连他的泪水都是肮脏的，他也感到了自己的肮脏。他真想找一个地缝钻进去。

门开了。教导主任的女朋友风风火火地冲进来说，然，校长室有你的电话。教导主任回过头，恶狠狠地对他说，回来我再收拾你！

教导主任的女朋友是高一的美术老师。这年，他刚刚考入这所市里的重点。

为什么要这样？美术老师问他。他把头低下去，低下去，一直到整个身子都蹲下来。他把头埋在两腿中间，他以后将没有任何脸面见人了。最要命的是，如果教导主任把他父亲叫来，他就永远抬不起头来了。

他问美术老师，你见过河吗？你的家乡有河水吗？老师被问懵了，这，有关系吗？

那时,他也许只有五岁。大人们都叫他小破孩。小破孩是家族里唯一的男孩子。那天,小破孩跟着家里的一群女人来到河边。河水在阳光下泛着粼粼的波光,晃得小破孩的眼睛都睁不开了。表姐对一个女人说,姑姑,小破孩是男的,不能跟我们一起洗澡。被叫作姑姑的人正是小破孩的母亲。她把衣服拢到一处,拉住小破孩的手说,儿子,在这里好好看着衣服,不许走开啊!也不许你往河里看,你姐揍你!

中午的河水是滚烫的。河两岸的人约定俗成,逢一三五是女人来洗澡,二四六是男人来洗。从来没有人记错过,也从不担心会有谁来偷衣服。小破孩还是忍不住往河里看去。远远地她看到了母亲的一个光滑的背影。他的表嫂挺着肚子,像个大大的葫芦,她的两个硕大的奶子也像两个大大的葫芦。女的都是葫芦做的,他想,有什么好看的。但是,隐约的山峦的曲线第一次在他眼里秀丽起来。那弯弯曲曲的河水也像是一个人慢慢地躺了下去。水里的人晃动着白花花的身子,像水中跃出的鱼,站着的,仰着的,蹲下的,自由自在。小破孩的眼睛直直地看着,全然忘记了母亲的叮嘱。

之后,这一幕像一幅画挂在他的梦里,挂在他的黑夜里,令他激动,令他留恋。他恍若发现了什么,但又说不出什么来。他感到他眼前有一个谜,这个谜伴随着他长大,谜团就更加扑朔迷离起来。

他断断续续,自言自语。他不知道他说的,美术老师听懂了没有。只是他看到美术老师的眼睛亮了一下,不,是闪闪发亮!你喜欢画画吗?我问你喜欢画画吗?你可能就是未来的米勒,怀斯,雷诺阿!我相信你是有感觉的,你是一个没有被发现过的天才!

以后,他就在美术老师的画室里做了一名学生。老师说,他就是将来的印象派大师。他的那次偷窥成了历史,在美术老师的口中,变得像鹅毛一样轻。她说,你知道吗?民间传说中的牛郎就偷看了仙女们洗澡。他还偷偷把仙女的衣服藏起来,那是织女的衣服啊!仙女不但原谅了他还做了他的妻子,因为仙女知道,牛郎是一个善良的人。美术老师说的时候总是两眼亮闪闪的,她还喜欢叫他孩子,尽管她比学生大不了几岁。她的白净的手上透出若隐若现的筋脉,那美丽的筋脉曲曲折折,有时他竟然看得恍惚了。

美术老师不是很漂亮,但是那些年,她飘在学校里的米黄的风衣像一团流动的火焰。她的身体里燃烧着一种朝气,一种永远不会衰竭下去的气息,那是他极其欣赏的。

他后来真的成了一个知名画家,只是离世界级的大师还相差很远。他的一个画家朋友说,其实他的天分远远不够,不过,谢天谢地,他对绘画的钟爱超越了一切,仍使他取得了不错的成绩。他的成名作是一幅很普通的《牛郎》。画面上,牛郎坐在地上,身子扭向一旁,似乎在看着远方的河水。远处,几个仙女的身姿若隐若现。最外面的那个女子身姿颇丰,只是那张脸羞涩地背了过去。

在一次画展上,几个美术系的女生对这幅画指指点点。咦?那个牛郎,眼神怎么像是四五岁的样子?跟牛郎的年龄不太相符啊!织女的衣服,怎么全是黄色的?

去远方

我从不知道什么是纸醉金迷,尽管我是一张纸币。

我多想去远方的世界看看。早晨,天还下着雪,几个孩子边走边打雪仗,书包一倾斜,我就溜了出来。天好冷啊,但我有了自由,在冷风的吹拂下,我来到了通往工厂的一条小路上。

一个工人骑着电动车过来了。他戴着帽子,脖子里的大围巾将脸裹得严严实实,只露出一双眼睛。他骑过来的时候看了我一眼,但没有刹车,而是一溜烟跑了。我知道,晚一分钟这个月的全勤奖一百四十块就没了。他才不会为了一张百元钞票而放弃全勤奖呢!

我正为此庆幸,又见他折返回来,迅速将我捡起塞进口袋。哇,好温暖啊!他又继续往前,可是因为速度比刚才快了,车子摔倒了,他滚了一身雪。这个地方化了雪后又结了冰,走路尚且艰难,何况骑车?他推着车子,我想这个月到月底了,全勤奖却被这场雪给弄没了,唉,可怜!

他到单位时已经晚了十分钟。主任责备他怎么才来!机器等人吗,到了换班的时候了!他辩驳了一句,不是下雪吗,下刀子我也要来?主任更厉害了,说,下刀子插空也要来!

他来到车间,悄悄把我掏出来一看,又失望又生气地把我揉皱扔到了旁边的纸篓里。过会儿又把我捡起来放回了口袋里。他要把我带回家给孩子玩儿吧!

确切地说,我是一张为孩子学习而备的纸类学具。

鬼　脸

夏夜，一小偷潜入主人卧室。

问："来者何人？"

小偷一惊，原来主人并没有睡着，遂说："无名小偷。"

"从何处来？"

"从来处来。"

"我腿不好，早已瘫在床上，相中什么，请自便！"

"您家的钱可否借我一用？"

"老朽常年孤单一人，要钱何用？左边第一个抽屉里便是。"

小偷得钱，又问："您家首饰能否借我一戴？"

"罢了罢了，我既无妻女又无儿孙，要首饰何用？第二个抽屉便是。"

"请问，您的值钱衣服，能否借我一穿？"

"我既出不得门，见不得人，要锦衣玉食何用，统统带走！"

小偷收拾了满满一个大包袱，抹一把脸上的汗，连墙都懒得翻越，从大门堂而皇之往外走。走到门口时，却有一只手轻拍他的肩膀，一回头，一副鬼脸正对了他，登时昏倒在地。

主人说，小子，你借我那么多东西，我只借你自己抹掉的一张面具就不行？

同情芝麻

牛二一手拿饼，一手掌心向上捧成一个小碗接饼上的芝麻。牛二暗骂，败家！好好的芝麻都掉了，可惜！败家！竟然两面都有芝麻，顾得这面顾不了那面，咋知种芝麻的辛苦？

他忽然有了一线商机，自己也回家开烧饼店去。一样的外酥里嫩，一样的果酱豆沙油酥，不一样的是，他的芝麻藏在里面。瞧，他的创意多好，他的烧饼，有多含蓄，有多神秘。

开张这天，很多人都来尝牛二的烧饼。尝过之后还要质疑，这个有，谁知道下一个有没有；今天有，谁知道明天有没有；给张家的有，谁知道给李家的有没有。

牛二解释得嗓子都哑了。心里又开始骂，怪不得烙在外面的芝麻饼卖得快，怪不得现在书皮都印得花里胡哨，怪不得电视里的女人爱露胸露背，做的都是表面功夫！

牛二开张一个月还真接了一桩大买卖，买主是城里开大饭店的，他把牛二的烧饼作为特色点心，很快销量大增。牛二逢人便说，大老板莫不是早年出身农家，种过芝麻，怎么会可着劲心疼？

可是第二个月，买主就跟牛二提了个建议，能不能在外面也弄上芝麻？内外兼修，岂不两全？隔着皮看不到瓢，当初签合同不过是喜欢这个口味儿。牛二俩大眼珠子一瞪，脖子一拧，牛脾气就上来了，内有就内有，外有就外有，内外都有，我图什么来？

牛二的小店盘给了别人。新的店主跟别的店主一样,将芝麻烙在外面,黄澄澄的酥皮上,嵌着几个零星的俏麻点,分外诱人。牛二吃着新店主烤制的芝麻饼,依旧用手捧成小碗状,心里暗骂,败家的主儿,老子回地里种芝麻去!

鱼　骨

男人与儿子一起吃鱼。盘子里的黄花鱼焦黄焦黄的,轻咬一口,外酥里嫩,是儿子最喜欢的。

看,我吃剩的鱼骨! 儿子拿给男人看,那鱼骨长长的,鱼刺竟然完好无损。

男人接过儿子的鱼骨,似乎想起了什么。他把鱼骨端端正正地放在桌上,把儿子揪下来的鱼头也摆上去。那样子就像一条完整的鱼了。

爸爸,为什么要带着鱼头?

吃鱼的时候不能说话! 他喝令儿子。

那天的情形历历在目,妻子穿着漂漂亮亮的衣服,化妆师给她化了妆,嘴唇粉嘟嘟、红艳艳的,跟她出嫁时一样美。他看了她最后一眼,妻子被推了进去。按钮按下之后,两边的烈焰同时喷向她。他张大了嘴,已经来不及悲伤,剩下的全是恐惧。他知道,那个时刻,妻子的肉身没有了,以后将永远常驻在他的心里。如果在往常,火烧在她的身上,他是绝对不允许的。可是不到十分钟,妻子就被拉出来。还有隐隐约约的骨架啊,她的手表还戴在

腕上那个位置,仿佛她宁静的姿态依然。

那人口中念叨着什么,他想听却怎么也听不进。没有烧尽的骨头一根根被装进去,他看着那满满的盒子,眼前一黑,就什么都不知道了。

恍惚之际,儿子的第二条鱼吃完了。他端端正正地将鱼骨放在那里,这次鱼头没有被揪下。儿子把一条鱼送到他嘴边说,爸爸,吃鱼!

他摇了摇头,他已经再也吃不下一条鱼了。他用白色的餐巾纸将鱼骨包起来,又重新放回桌上。然后对儿子说,吃完了吗,咱们回家吧!

作家的虚构

学校综合实践课开展了一项"走访家乡名人"活动。一名小记者采访了作家阿华。阿华出了很多书,最近又获得一项国家级文学大奖,是家乡人的骄傲。传说他天资聪颖,从小过目不忘,是个难得的天才。

来到阿华家里,小记者问,阿华老师,您写了那么多作品,请问有什么诀窍?

阿华说,坚持啊!写,写,写,坚持写。我早晨写的东西,晚上读就觉得不满意,我只有一直写下去,没有别的办法。我走路的时候构思,蹲马桶的时候也会自我否定,甚至睡觉的时候也梦见别人对作品的批评。整个脑子里全是作品,写了改,改了写,直到作品成型。

记者瞪大了眼睛，不满意？您的那些可都是精品呀！

都是改出来的，阿华说，每一篇作品我都在第二天检查一遍，有时候改得面目全非，连主题都忘了呢！

记者更为惊讶，您竟然忘了主题？我们语文老师每次都强调，一篇作文要紧紧围绕一个主题来写，不能离题万里。

阿华说，一位卖西红柿的老人，他同时也卖了黄瓜，你说他是卖西红柿的，还是卖黄瓜的呢？我正为这事困惑着，作品出来后，我不知道这到底是西红柿还是黄瓜。所以，我常常陷入迷茫的境地。

小记者拍拍脑瓜说，同学们都认为，您是一个绝顶聪明的人，说您才华横溢，下笔成文，做个梦都能写出好故事来，怎么您也迷茫？您是骗我的吧？

阿华摇摇头道，你们都想错了，我十岁才开口说话，高中时还写不完整一篇作文，每到作文课就咬钢笔杆，我的嘴唇常常都是蓝的，吓得女同学哇哇叫，还以为大白天见鬼了呢。至于做梦写文章，那只有李白能做到！迷茫？人一思索就会迷茫呀！

小记者原本是来取宝的，却发现她无比仰慕的作家是这样平凡和简单。她摇摇头，说简直太不可思议了！

记者走后，作家的妻子问他，你为什么这样骗他呢，你本来就是一个极有才华的人，四岁读红楼，高中时出了作品集，大学里给同龄人开讲座，毕业后成了文化名流，为什么不告诉她真实的你？

阿华笑了笑说，真实的我，有那么重要吗？

用心去做

高级厨师马林有两个徒弟,一个叫春,一个叫东。

春和东每天都不离老师左右,生怕有什么秘诀给疏忽了。有时老师站在一旁指使其中一个做他的拿手菜,另一个依旧作为助手。

时间长了,老师总是私下在老板前夸春做得恰好,而东做的,不是老了,就是嫩了,不是咸了就是淡了,总做不出春的味道来。

东不知道春在哪里下了功夫,莫非?莫非……

晚上,东来到老师家,将他准备好的东西呈给老师。马林很生气,你这是什么意思?你在厨艺上多下功夫,总会有出头之日!

我每道工序都是按您说的做呀,为什么您总夸春做得好呢?

马林拿出一个特别的小镜子,对东说,用这个镜子照照你的心就知道了。春做菜时,他的心是残缺的,做完后又成了完整的。而你做菜时自始至终都是完整的。他做菜时心率极快,而你做菜时,心率跟平常时候一样。

就凭这些?东很不服气。这是哪里来的镜子?

我这是魔镜,当人用一颗心去做事时,留给自己的心是残缺的;相反,只是照搬程序,不用一颗心做事,留给自己的心当然是完整的。

真有这样神奇的镜子吗?东照了照自己,镜子里只有一张疑惑的脸呀!

孩子,老师虽是个高级厨师,但是,我最喜欢吃的菜还是我母亲做的,知道为什么吗?那是妈妈用她的心做成的呀!

东向马林鞠了一躬,双手将小镜子呈给老师,转身离开了老师家。

同学的爸爸是老板

从学校回来,勇想找几个同学聚聚。

妈妈迟迟疑疑不表态,父亲长长地叹了一口气,出去了。

勇说:"在家靠父母,出外靠朋友,不是我浪吃浪喝,实在是交往的需要。而且我的同学马奔的父亲是个大老板,我毕业后找工作,兴许人家会帮忙。"

妈妈说:"杀一只鸡,还有什么?"

"那就做家常菜,咱家吃的是无污染的绿色蔬菜,喝的是山泉水,不怕他们吃起来不香。"

"酒呢?"妈妈问。

"酒就更不用担心了,我同学家里好酒多的是,就这样说定了,妈,千万别让我爸阴着脸,扫大家的兴。"

果然,几个要好的同学从山南海北来到这山清水秀的村庄。他们游山玩水,过了几天仙境般的生活。最后一餐饭,老板家的公子马奔夸奖伯母做的饭菜好吃,硬是邀请她去家里掌勺做菜。马奔还说,伯父要是不嫌弃也可以去找他的爸爸马德。

父亲问:"是'德行'的'德'吗?"

"是!"

"是左边眉头上有颗黑痣吗?"

"对呀,伯父!"

勇的妈妈悄悄拉过儿子说,这样也好啊,至少老板不会跑掉。今年你爸在外的工钱全泡汤了,因为老板跑了。

临走时,勇的父亲对马奔说:"回去告诉你爸爸,有个叫郝仁义的人向他问好,顺便问问郝仁义的工钱什么时候给结了!"

搅　局

每天下午,夏秃子家门口就聚了几个人玩牌。夏秃子与冯六指一伙,王麻子与李拐子一伙。一个小茶壶,四个小茶碗就把一个下午草草打发了。

这天,有几个孩子围着他们转圈喊,你不嫌我秃光光,我不嫌你盒子枪,我照路,你放枪,敌人来了咱沾光。盒子枪当然是冯六指,只因为多长了一根手指头,就得了这个名。夏秃子摸着头顶,笑着用另一只手去拦,却一个都没有勾住。孩子像泥鳅,钻来钻去,溜了。

王麻子坏笑着说,没别人,教这孩子唱的定是那个三瞎子。死瞎子,来了几天,说走就走了。不好好算他的烂卦,净瞎编这些岔岔。

话还没说完,又有一个小屁孩跑过来喊,麻点子,开油坊,胡子长在屁股上,拔一根,真痒痒,呼啦呼啦再长上。把这王麻子气得非逮住那小子剥皮不可。可毕竟他上了年纪,怎么能追上那小兔崽子?

李拐子一句不敢说,怕也有关于他的岔岔过来,就最先扔了牌,回去给老婆捏骨去了。别看李拐子有残疾,但继承了捏骨的祖传,闲了也赚几个钱。

王麻子也扔了牌,明天儿子媳妇回来,他去菜园里摘点菜去了。

冯六指用他的六根手指往自己的牌上一拍,说,瞎了一把好牌。挪了凳子回家侍弄那几盆花去了。不要小看他的花,学校里或者厂区经常聘他去管理花园呢!

夏秃子无趣地搬回了小方桌,好狗不挡路,他踢了狗一脚,转而拿出唢呐,摩挲着,吹了起来。

三瞎子看不到,但是耳朵极好。听了他们散去,自个也走了。心里很解气地说,谁让你们欺我眼瞎,非要玩牌?

抬起头来

我擦我的皮鞋,与来人的脸何干?我对面前的老者不屑一顾。

可是,小伙子,你不能只低着头做事情,只要你抬起头来,哪怕只看我一眼,你将会发现奇迹。

他怎会知道,我从不喜欢抬头看客人的脸,当然,更不喜欢

被别人看。几年前,在一次大火中,我由一个玉树临风的美男子变成了现在满脸疤痕的怪物。因为救人,我毁了自己。大学毕业后,工作难找,爱情无影无踪,就连在这个城市的生存都成了问题。我只好蹲下来,甚至跪下来给路边的过客擦擦皮鞋。

小伙子,你抬起头,只抬一下头,相信我,你会有神奇的改变。

我感谢这位老者每天前来照顾我的生意。我感激但还是不想让他看到我丑陋的脸,我怕吓到他老人家,更不愿意让他看到我死灰般绝望的眼神。

小伙子,你不想见到你的双亲吗?

一提到双亲,我早已泪流满面。两年来,我没有回过家,我怎能让他们看到我的鬼样子?

小伙子,只要你抬一下头,就能看到他们了。

真的吗?

是的,抬起头,看我手里的镜子,照一照。

天呀,那是我吗?我已经两年没有照镜子了,那个英俊的男子,是我吗?

小伙子,嘿嘿,相由心生。这是一面可以辨别忠奸善恶的镜子。只要善良的人照一下,就比原先更漂亮,相反,若是大奸大恶之人,就会变得青面獠牙。

我的手中被重重地放了一面镜子,它很快进入我掌纹的脉络,在手上生了根。

我正想跟老人道声谢谢,却发现,除了我手里的镜子,哪还有他的身影?

数钱技艺

消夏晚会上，女主持人款款上台，手里拿了几个厚厚的信封。

"本次晚会由小星星舞蹈艺术团主办，本团一贯的宗旨是挖掘新人，支持品学兼优的孩子完成学业。今晚，本团将邀请孩子做几个别开生面的数钱游戏——胜出的，可以把钱带回家去哦！"

我想，虽然庸俗，但可以营造气氛嘛！广告做得好，不如做些善事好！

被选中的孩子兴奋地跳上了舞台。不到一分钟，有个孩子最先举手："十七块五毛，您数数！"

主持人拿过信封数了一下，三十五张，全是五角，正好十七块五。

我撇撇嘴，算他幸运，全是五角的还不好算？

第二轮要求孩子们把手伸入布包摸硬币。我猜那孩子家里是做小买卖的，他又胜出了。

第三轮更是增加了难度，手摸纸币说出面值。毫无悬念，这孩子又赢了！

孩子说："我每天帮奶奶卖雪糕，见得最多的钱就是五角了！"

"每天下午放学，我把同学们从学校丢弃的饮料瓶卖掉，换

回来的全是硬币。我能感觉到每一个硬币的大小、厚度和花纹。

"我奶奶眼睛不好,我就教她摸纸币上的盲文,教之前我可不得先学会吗?"

"孩子,我想把你当作我们团资助的人选,可以吗?"我走上舞台,问他。

"叔叔,我家有很多钱呢!"

"他爸爸是饭店老板,妈妈在公司上班。"台下有人喊。

"哦,原来是有钱人家的孩子呀,数钱都比普通人家的孩子技艺好!你家条件那么好,怎么还让失明的奶奶外出卖雪糕呢?"

孩子说:"奶奶是个孤寡老人!我一个人在家时,就去找奶奶做伴!"

罢罢罢

雪芹客居北方一个偏僻小镇,为的是静心书写未尽之《红楼》。他坐在窗前,生逢盛世,似乎春天也变得甜腻腻的了。刚刚有一星灵感的火花闪过,被这甜味一抹,瞬间无踪。

雪芹往窗外看,原是槐花开了。遂想起吟咏槐花的诗来:"槐林五月漾琼花,郁郁芬芳醉万家,春水碧波飘落处,浮香一路到天涯。"就想写一个槐花一样的女子,这个女子要素雅芬芳,香暖温润。

他打开博客,随意浏览,看到了几个半裸女子的图片。又一星灵感的火花闪过,他正要动笔,又想着赏完这大好春色也不迟。几分钟后提笔疾书,忽然忘记刚才的火花是什么了。遂愤愤弃笔,谴责满园春色,夺人眼球,实为不堪。

雪芹开始研磨。虽在当世,但仍不喜现代笔墨的便捷。研磨有研磨的韵味。绿衣捧砚催题卷,红袖添香伴读书,妙哉妙哉!正研磨间,又有一星火花闪过,雪芹正要落笔,忽有家童兴冲冲跑上前来。先生大喜,先生好名气,电视台要来专访,听说是有关红楼后四十回的梗概,还要邀请您到大学演讲呢!雪芹愤然,这书还写不写了!他让家童出外应付,自躲内室构思作文。

家童面有难色,只抖了抖空米袋子。雪芹摇头,又走出来,打躬作揖,迎接客人。客人未至,先听到燕语莺声,又忽然间想起了什么。正要忖度,几个人早已进入客厅。他看了三两女子的装束,皆不入眼。火花尽逝,怅恨连连。

雪芹做了几番演讲,社会上反响很大,各路编辑纷纷前来高价索稿。

前八十回,十年辛苦。后四十回,雪芹决定用一个月的日日夜夜写完。遂闭关在内室,只让小童送一些简单的饭菜。一月之后,小童去内室搬书稿,却发现偌大的内室空无一人。前八十回完整无损,后四十回只字没有,只在雪白的一张信纸上留下一滴鼻血和几行字。

先生去了!家童哭道。他拿着雪芹的亲笔遗书:万般皆命,红楼难续,赤条条来去无牵挂。

罢!罢!罢!

第四辑 肉食者鄙

肉食者鄙

黄牛在地里耕种,体力渐渐不支。它停下来擦了一把汗,去找虎王说事。

虎王问它:"你不在田里干活,何故来此?"

黄牛说:"现在耕地面积大大减少,可是今年我的活为什么反而多了呢?"

虎王不假思索地说:"黄牛啊,黄牛,都说你老实本分,我看却是浪得虚名,那耕地面积减少与你有什么关系?难道你想在动物王国里当家做主不成?"

黄牛分辩道:"我哪敢管虎王的事情,我是觉得这个理说不过去呀!为什么地少了,我要耕种的地却多了?这也无妨,我可以比别的成员辛苦一点,可是,为什么还要我额外产牛奶呢?"

虎王收敛了刚才的平和之气,板起脸来说:"你的意思是,本大王的分配不公喽!这样吧,你既然说出来,就在国会议议,看他们怎么说,再做决定。"

虎王召集群臣热议,狗熊、豹子、狼、狐狸纷纷前来。虎王说起黄牛之事,狐狸说:"大王裁定的,难道还能改了不成?"

狼说:"跟黄牛这种只知道干活,不知道思考的老家伙费什么唇舌?它简直是自讨没趣!"

狗熊哼了一声,把两手搭在前面,懒洋洋地说:"黄牛生来干活,死后就是一块肉,这分明是牛的宿命!"

豹子数着自己身上的钱纹说:"黄牛一个钱也不出,竟然想来讲讲理,什么是道理?道理难道在它的牛角尖里?"

黄牛的事情就放下了。黄牛继续在地里耕种,劳累之余依然感叹:这地里的活儿怎么永远也干不完呀?不行,我还得找虎王说理去!就这样,反反复复,庄稼丰收了,国库里的粮食满满的,虎王们在笙歌宴饮,庆祝丰收。黄牛却得了腰肌劳损,再也爬不起来。

渐渐成长起来的牛犊来到了地里耕种。一上午的辛勤劳作让它想到了黄牛同样的问题。牛犊找到虎王,与它理论。虎王要议事,牛犊说:"我必须参加!"虎王大怒:"参与议事的国家重臣,全是肉食动物,你一个吃草的种族,竟然要参与谋事,大胆!本王一定要给你点颜色看看!"

虎王一声喝令:"拉出去,大卸八块,炖牛肉!"但转而一想:"没有了耕牛,国库亏空怎么办?"于是,虎王下令将牛犊暴打一顿,扔出了虎王的府邸。牛犊不是肉食者的对手,便思考下一步的问题,它要改变自己的现状,必须要更加的努力。它不断地研究学习,终于研制出高效的机器代替耕牛。这样的话,牛犊与肉食者一样,可以不在地里耕种了。动物王国一片欢呼,纷纷赞扬虎王领导英明,国富民强。

虎王在一片拥戴声中眯起眼睛。狐狸进来问大王,今天晚上吃什么?

虎王说:"本王很久没有吃到牛肉了,要嫩一点,快去准备!"

狗皮膏药

黑狗住院了。同病房的有兔子、山羊和老虎。

黑狗问山羊,怎么病的?

山羊说,整天吃草,没有荤腥,营养不良,头晕。

黑狗说,这病无妨,我家祖传狗皮膏药,一贴包好,你在医院花什么冤枉钱!

山羊问,管用吗?

黑狗拍拍胸脯说,你找到我黑狗,你算找到家了,我黑狗可不是假的吧。要是找猫那厮去买狗皮膏药,不是贩子就是假货。

山羊觉得黑狗说得有理,拿着黑狗写的地址出院了。

黑狗问兔子得了什么病。兔子说,红眼病一直都没有好,一上年纪反而厉害了。

黑狗说,这也没啥,哪个家伙没得过红眼病哩?只是老不好就是病了。这样吧,我给你一贴狗皮膏药,贴在掌管视力的穴位上,包好,并能根治遗传性红眼病。兔子听了,也出院了。

黑狗问老虎,大王生了什么病?

老虎眯着眼睛说,你跟我说什么我都不信,你就是个江湖骗子。

黑狗凑上前去,从怀里拿出一个纸包,它抖抖索索交给老虎说,我祖传的狗皮膏药哪会轻易让兔子啊,羊啊这些庸才得了去?包治百病的狗皮膏药在这里。

老虎瞟了一眼，慢吞吞地说，无论你说什么，我就是不相信你。

黑狗走近一步说，您看这膏药，用的我家人的皮，然后均匀涂了药膏，涂了七七四十九天，药膏是取自六六三十六种中药，经过九九八十一道程序研制而成。至于这药方，黑狗又在胸前掏来掏去，终于掏出一张发黄的纸，呈现在虎大王面前。

老虎用另一只眼瞟了一下说，反正你说什么我都不相信，你得了什么病？

黑狗说，别提了，胃病。狗喜欢吃屎，明明知道不好，但一看见就禁不住了。

老虎问，怎么不贴一副膏药？

黑狗向后几步，向老虎深深作揖说，不瞒您说，我早就想用这一帖祖传的狗皮膏药了，但是如果我用了，这狗皮膏药的牌子就没了。

难道你家传的狗皮膏药只有这一帖？

只这一帖！黑狗郑重其事地说。

那我也不能要，虎王眯起眼睛，连看一眼都懒了。

黑狗再言语，虎王已经厌倦了。说时迟，那时快，虎王一把将黑狗抓过来，咬断它的脖颈，三下两下就吞掉了。

虎王抹抹嘴说，在动物王国，我喜欢住院就住院，不喜欢住院就不住院，我住院就必须要生病？黑狗啊，你把我的兔子肉和羊肉都放跑了，我能饶了你？

虎王把狗皮搭在肩膀上，出去了。

驴子下山

驴子每天都拉磨,它感到越来越难以忍受。因为每次劳动,它都被蒙上眼睛一圈一圈地受人驱使。有时,步子慢了还会被鞭子抽得皮开肉绽。

有一天它终于下了决心,要到外面的世界去看看。

驴子背着磨盘出发的时候,狗来送行。狗就问它,你背着磨盘做什么呀?驴子说,我生来就是转着圈走路的,现在已经不会走直线了。没有磨盘,我就失去了重心,还怎么生活啊?

于是驴子来到另一个陌生的地方,围着磨盘开始了旋转。它重新戴上眼罩,心想:看,不受人驱使,我也会辛苦拉磨,再不会有鞭子抽在身上啦!

快来看呀,山上下来一个怪物!驴子的身边很快聚集了很多好奇的人。

它在做什么呀?一个小女孩问。

驴子也不知道自己为什么围着磨盘旋转,它生下来就是这样的。这样高深的问题,一个驴子怎么会思考?在一个地方待久了,生活就成了惯性,连为什么都懒得问了,它也从来没有纠结过这样高深的问题。

驴子日夜旋转,最终昏死在磨盘旁。它只需要几把草或者差一点的饲料就能活下去,可是它的面前堆满了人们施与它的硬币、馒头、汉堡、糖果、矿泉水、衣服、钞票……

老虎与蚁巢

一只老虎即将路过据说是世界上最大的蚁巢。

蚁巢里的新闻部门闻风而动,纷纷报道有关老虎的劣迹及可能造成的种种不幸。他们把粮食藏在蚁巢的地下室,加了无数层的防护装置。他们还在蚁巢门口设了无数的防御机关,防止老虎来偷袭。

老虎真正到来的时候仅仅停下来打了个盹,就走过去了。至于这个蚁巢,到现在它也没听说过。

大牌枪手

老鼠考场里静悄悄的,黑猫是主考官。

一只狗大模大样走进考场,那姿态,仿佛一个大佬走进了小人国。

黑猫跳到狗的脊背上说,老兄,你不能对我说,你是只老鼠吧!这狗拿耗子的活儿您是乐此不疲啊!怎么,今儿给老鼠做枪手了?

狗一龇牙,颈间的毛都竖了起来,一副立即就展开攻击的架势。哼,离我远点!

黑猫立即缩了回去,恭恭敬敬地拿过狗的准考证来对照。原来,准考证上真的是狗的相片,而身份证一栏标的却是老鼠的种类。

小样儿,今儿个终于落在猫爷我手里了!黑猫正想揪出它来,不巧,短信滴的一声叫唤起来。"请关照一下六号考生,它是绵绵鼠请来的枪手,绵绵鼠是秦琴的宠物鼠,秦琴是爱爱小姐的妹妹,爱爱小姐是本市市长的——"

啥都不用说了。黑猫喵呜一声,对六号考生拱手,狗兄,哦不,鼠兄,哦不,绵绵兄,少安毋躁,请您静心答题,猫老弟给您驱蚊子了!

狗尾巴拖着地,走到它的位子上,模仿着狼的样子坐下来。它拿出手机,很快将答案搬到试卷上,连试卷也不交,等着黑猫过来请安。

黑猫翘着尾巴,两只前爪拖着狗的试卷跟在狗的后面。黑猫连连说,走好,走好!期待您下次光临!

狗连哼一声都没有。它走出考场,出了大门,忽见路边有个孩子拉了大便,它就摇着尾巴,一扭一扭地奔了过去。

禁止携带黄鱼

老猫把老视镜架在鼻子上,但并不影响他东瞅瞅西嗅嗅。今天的考场上有一种香喷喷的煎黄鱼的味道。老猫跟着味道走过去,来到一只精灵古怪的小老鼠桌前。

不好,监考官过来了!可是小老鼠正在看掌中的小抄。它迅速合掌,从兜里掏出一条黄鱼来。"猫爷,您来一条?""嗯!"老猫一颔首,迅速把鱼叼了过去,背转身吃了起来。

一条黄鱼下肚,老猫意犹未尽,黄鱼味又飘飘悠悠荡漾过来。老猫轻手轻脚地踱步,似乎很怕惊扰了忙碌的考生。它来到小老鼠桌前,略一皱眉,小老鼠就再次合起掌中的小抄,从兜里又掏出一条黄鱼来。老猫这次不客气,一口就吞了下去。小老鼠继续答题,但是老猫第三次又过来了。"还有吗,再来一条!"小老鼠说,这次是真没有了。老猫一生气,把小老鼠掌中的小抄抓了过来。不过,老猫只抓住一头,另一端由小老鼠握着。老猫往讲台上拉,但怎么都拉不完。小老鼠索性拉着另一端在教室里转圈,但是这个缩微版的小抄像一盒磁带被挣破了一样,像时间一样永恒,一样没有尽头。

这期间,花花鼠抄到了第一题,黑黑鼠抄到了第二题,聪聪鼠抄到了第三题,明明鼠抄到了第四题,以此类推,所有的老鼠都在这个绕过自己的小抄里找到了自己理想的答案。

从此以后,猫城的考场有了新的规定:考生禁止携带黄鱼,否则有贿赂考官之嫌,一律按作弊处理。

狗尾巴花看世界

早晨，一棵娇艳的牡丹扬起红扑扑的脸蛋，慵懒地打着呵欠。她看见路边的狗尾巴花摇尾乞怜，一副可怜巴巴的样子。哼，世人都爱牡丹、红梅，狗尾巴花这类渺小的俗物，谁会将他放在眼里？

"喂，小兄弟，你抬起头来，看看我有多娇艳，你为什么总是低着头呢？"牡丹问狗尾巴花。

狗尾巴花略微抬起头又低了下去。

"牡丹姐姐，我的身体这么纤细，怎么能承受这么重的一朵花？"

"哈哈！你有多重的花朵？"

狗尾巴花用力昂起头说："我想长得更高一些，看看外面的世界，我长啊长啊，个子高高却又这么纤细，不过我的身子是很坚硬结实的。"

牡丹姐姐轻笑一声，继续眼观路人，渴望着垂怜的目光。

一个小男孩走过来，看到娇艳的牡丹就对着妈妈喊："妈妈，看看这花多漂亮！"他的小手就要伸过来，被妈妈挡住了。妈妈指了指旁边的木牌，牌上写着：禁止入园折花。

小男孩转而一把将路边的狗尾巴花拽下来，将细细的草茎含在嘴里。草茎的清香沁人心脾，小男孩把狗尾巴花放在阳光下，对着太阳看狗尾巴花红红的绒毛，美美地欣赏着这个大自然的杰作。这时候,车来了,小男孩要外出旅行。在长途车上,他对着狗尾巴花说话,即便吃饭的时候也要问一下:"喂,你饿了吗?跟我一块吃吧!"

一路上,狗尾巴花透过车窗看到了很多景物。到了景点,小男孩也没有丢弃它,他们一起爬山,一起划船,已经成了很要好的朋友。小男孩格格地笑,狗尾巴花被他夹在了耳朵上。回来的途中,男孩的妈妈戴的帽子脱了线,狗尾巴花对小男孩说:"看我的吧,保证妈妈喜欢!"狗尾巴花将身子钻进钻出,帽子像被缝了一道绿色的花边,狗尾巴花高高地抬起头来,与帽子一起,看到了更高更远的风景。

啊!谁说狗尾巴花不能看世界?

我要保护所有的人

糖糖和果果是一对龙凤胎。糖糖是姐姐,果果是弟弟。

一天,糖糖跟妈妈要了公主裙、皇冠、水晶鞋,她说自己要扮作真正的仙子,可是还缺少一对美丽的翅膀。糖糖说,如果有了美丽的翅膀就可以飞来飞去,她上幼儿园的时候就不用大人接送啦!妈妈便带着糖糖买翅膀去了。

果果一个人出来,他带着瓶子,在楼下的草丛里扑蝴蝶。他正要把捉到的蝴蝶装到瓶子里,忽然听见邻居爷爷问他:"果果,你的个子长那么高,是为什么呀?"果果一愣,蝴蝶趁机飞跑了。

果果停下来,歪着头,将小手指头放在太阳穴那边,想啊想

啊,终于想出来了:"我长得高,是为了保护姐姐!"

"还要保护谁?"

"保护爸爸、妈妈、爷爷、奶奶、同学、老师,还有好多好多人。"

邻居爷爷赞许地点点头,"还有呢,还要保护谁?"

果果说:"保护每一只小鸟,每一朵小花,每一棵小草!"

"为什么要保护小花?"

"因为花朵是蜜蜂的朋友,蜜蜂会采花蜜,我姐姐最喜欢蜜蜂。"

爷爷又问:"为什么要保护每一棵小草呢?"

果果说:"小草是花朵的弟弟,蝴蝶是蜜蜂的弟弟,我喜欢蝴蝶。"果果刚说完就想起了什么,捉蝴蝶的小手缩了回来,还把装蝴蝶的瓶子扔进了垃圾桶。

这时,一只白蝴蝶在果果眼前翩翩飞舞,落在了他的肩膀上。多可爱的白蝴蝶呀!

蝴蝶在果果耳边说:"谢谢你,果果!"

果果笑着说:"不用谢我,咱们都是好朋友,我要保护所有的人!"

蝴蝶轻盈地跳下来,落在地上,瞬间变成了糖糖。原来,糖糖买到了美丽的翅膀,自己变成蝴蝶仙子,快乐地飞回来了。

这张卡可以刷吗

丁丁搬着小凳子来到楼下的自动取款机跟前。

他从口袋里抓出一大把卡,塞到智能取款机嘴里。

"骗子,这是一张皮鞋优惠卡,请准确查证再插卡!"智能机说。

"不,我不是骗子,这张没有钱,我来试试下一张!"丁丁换了第二张卡塞进智能机的嘴里。

"骗子,这是一张眼镜优惠卡,请准确查证再插卡!"

"不,我才不是骗子,我再试一次!"丁丁把第三张卡塞进去。

"骗子,这是一张服装优惠卡,请准确查证再插卡!"

"哼,我不是骗子,我还有一张卡,妈妈说这是一张小书签,把它插在书里就有源源不断的知识涌出,我想,把它插在取款机里,就有无数的钱流出来!"丁丁把书签插了进去。

"嗯嗯,这张卡有书香,你妈妈一定很喜欢读书,不过,这仍然是一张无用的卡,请准确查证再插卡!"

"嘘!我妈妈常常低头读书,脖子很疼,还让我的小拳头用力给她捶,我想买一个电视上的颈椎治疗仪,但是需要一百块钱,我的零花钱不够啊!"丁丁几乎流泪了,他积攒了那么多卡,为什么不能刷呢?

"嗯嗯,小朋友,你是一个懂事的孩子,但是我嘴里需要的卡都是磁卡,你手里的全是硬纸片,钱是不会从我肚子里吐出来

的！"

"哼，冷漠无情的家伙！你怎么不能帮我一下，我想把这个治疗仪送给妈妈当生日礼物！""我有我的职业操守，诚实是我的本分，但是我可以破例一次，将我积攒的零花钱吐一点出来给你！"果然，一张红红的百元大钞从智能机的嘴里吐出来。丁丁不停地感谢智能机，亲吻它，拥抱它，直到那个冰冷的家伙喘不过气来！

第二天，丁丁与妈妈来到智能机跟前。妈妈说："谢谢你，让我得到了最好的生日礼物。善良的智能机，你冰冷的外表里，有一颗火热的心，现在，我要给丁丁上一节课，让他学会使用磁卡！"

妈妈把磁卡给丁丁，将他抱起来。丁丁把磁卡塞到智能机的嘴里，智能机立即笑了。

黄牛家的青草

黄牛在玉米地里耕种，它发现除草太辛苦了，自己也吃不了那么多草。于是，它留出自己吃的一块地，其余的都用小飞机喷洒了农药。很快，邻居兔子一家、山羊一家、长颈鹿一家全部中毒进了医院。原来，它们全部误食了黄牛地里的毒草。

黄牛成了罪人。不断有动物在晚上偷吃黄牛没打农药的青草。为此，黄牛白天晚上都不能休息，它要守着它的青草地。

黄狗对黄牛说："谁让你不邀请它们来吃草呢？它们吃了你的草，还会成为你的朋友，可是现在，它们全是你的敌人！"

黄牛于是召集全村的小动物们,并宣布:"黄牛家的天然青草,朋友们都可以来品尝,明年再也不喷洒农药了!现在,大家吃吧,吃吧,吃个够!"可是,邻居们都不好意思了,纷纷说:"你的口粮也不多了,我们还是自己耕种,吃自己的食物吧,谢谢你,黄牛!"

猴子也疯狂

虎王要下山几日,让猴子代理几天。

猴子高兴得上蹿下跳,到处颐指气使。它让鸭子增加下蛋的个数,不让它们再去河里到处游玩;它让孔雀抓紧时间排练双人舞,一定要在最短的时间里增加票房;它让骆驼从沙漠里运来沙子修路盖房,在猴子任职期间必须有一定的房产销售量;连小小的蚂蚁都不能闲着,否则就拆它们的洞穴,或者来个水漫金山。

猴子做代理大王刚刚两天就遭到了非议。山羊说:"现在连一口沾着露水的草都吃不上了,每天吃这些饲料是我最痛苦的事情。"长颈鹿说:"树上的叶子更不敢吃,飞机喷洒的农药都在叶子上呢!"河马医生说:"医院人满为患,医务人员一刻也不得闲。"母鸡说:"每天都吃药,过几天就打一次针,我们长这么快,这么臃肿,寿命却越来越短。"

猴子拿着虎王的玉玺到处镇压,可是,反对猴子的越来越多。猴子雇了狮子、豹子、狼为保镖,但还是战战兢兢,夜不能寐。猴子任职期间赚了金山银山,盆钵满盈。每天它枕着金子睡觉却

做着噩梦,吃着山珍海味却头昏脑涨,消化不良。

后来,虎王回来了。它高高雄踞在山头,眯着眼睛看天下世事,一不做,二不休,杀了猴子,平了民愤,收了金子。

天才音乐家

我是我们家族第一位音乐家。

小时候,我一定被宠坏了,因为每当我听见远处的歌声传来,我就死缠爸爸,让他教我唱歌。爸爸说,孩子,我真不知他们唱了什么歌曲,我也不懂什么音符和节拍之类,你所说的"高山流水觅知音,明山秀水喜相逢"我更不懂。这样吧,明天我就去窗户下听一听。

第二天,爸爸果真去了那间教室的窗户下听课。一个孩子在读课文:"两百多年前,德国有个音乐家叫贝多芬……"也许是听得入了迷,爸爸都忘了回来。妈妈坐不住了,她得去找他,于是她也来到那个窗户边,爸爸正听得起劲儿呢!她准备好的责备的话早就忘得一干二净,因为老师正在放一首名曲,美妙的音乐占据了她的身心。哼,连她的苦苦等待的孩子——我,都忘了。

左等右等不来,我只好斗胆出门,顺着他们的路线找到了那个地方。课堂真奇妙,我们仨从高到低趴在玻璃上发出啧啧赞叹。

我不由自主地走进去,登上了那架令我向往已久的钢琴。我记得两百多年前的贝多芬也曾这样走进盲姑娘的屋子,他说:

"不,我没有走错,我是来弹一首曲子给这位姑娘听的。"可是现在教室里一片慌乱。在惊扰中我快乐地扭动着身躯,仿佛是心灵的迸发,一串流畅的音符如同天籁之音在教室里回荡。哦,我终于开始了生命中第一场音乐会。

有一条会弹钢琴的蛇!

有一条会弹钢琴的蛇!

双黄蛋

按说母鸡花花也下了不少白花花的鸡蛋了,可是就从没下过双黄蛋。

为此,花花遍访了十里八乡下双黄蛋的鸡啊,鸭啊,鹅啊乃至鹌鹑等下双黄蛋的家伙。鸭子说,早晨起来梳梳羽毛,梳到五百下就下啦!花花回来一大早就拿着梳子梳理,梳到五千下也没下个双黄蛋毛来。鹌鹑说早晨起来扭扭腰肢,细腰的才能下出双黄蛋来,花花回来就扭呀扭呀扭呀,直累得腰都站不起来了,傍晚时还是下了一个单黄蛋。

河马医生听说了这件事情后主动找到了花花。他把老花镜抬到额头上,摇着头对花花说,那些都是迷信,你得相信科学,这都是由基因决定的。什么是基因?花花凑上前去问,无论付出多少代价,哪怕改变基因,我都要下双黄蛋出来!

没问题,河马医生说。他从药箱里拿出一个粗大的针管,然后抽进一种红红的液体,注射到花花的体内。

第二天，花花真的下了一只双黄蛋啦。

有很多人慕名来买花花的双黄蛋，也终于知道了花花执着于生双黄蛋的原因。原来，单黄蛋一块钱一个，双黄蛋则十块钱一个。之前花花每天下一个单黄蛋，一个月下三十个。现在，花花只需要每月下三个蛋就完成了以前一个月的任务。

主人才不让花花每月只下三个蛋，而是又找来河马医生给花花注入了一种激素。现在，花花一天要下两个双黄蛋，比原来更加辛苦了。

考 核

阿花、阿黑、阿巧和阿丽姊妹四个住在一个鸡窝里。

阿花每天都下一个蛋，其余三姐妹也不知什么原因，硬是憋红了脸也不见一个蛋皮。同住一个屋檐下，鸡的差别怎么这么大呢！所幸主人白天不在家，只有晚上回来，也就不知道三姐妹这档子事儿。

于是，阿花就成了她们的功臣，凡有什么好吃的投来，往往是阿花先吃个够，几个姐妹才争相吃剩下的。这样时间长了，阿花的三个姐妹渐渐有了意见：都是鸡窝里的姐妹，为什么单单她吃独食？越吃独食就越下蛋，我们就越来越营养不良，还下哪门子的蛋呢？

有一天，主人白天有事回家，听见了阿花咯咯哒地叫唤着从鸡窝里出来，便知道了下蛋的是阿花。他把鸡蛋放回屋，又抓了一把米出来:"阿花,奖励你的,让我孙子每天吃到一个柴鸡蛋。"主人把米撒在阿花跟前,三姐妹急急忙忙过去啄,但早已经被花花占了先,急得它们痒痒的。

阿花很得意,"姐妹们,这回不怪我吃独食了吧,只怪你们的屁股不争气!"

听了阿花的话,三姐妹恨得牙根痒痒。阿黑想了一个主意,跟阿巧和阿丽一说,她们扑扑翅膀,极为赞同。

第二天下午,听见院外门吱呀一声响的时候,小黑就咯咯哒地叫了起来。主人高兴地走进鸡栏,拾起鸡窝里的蛋说:"我还以为只有花花下蛋,原来小黑也下蛋了,也好,隔天下一个也行,只要保证我孙子一天吃一个柴鸡蛋就行了。"作为奖励,阿黑也得了一把米。

阿花跟阿黑争辩:"蛋是我下的,你凭什么在人前叫唤?"

"主人不在家的时候,你叫唤管个屁用,蛋是你下的,谁见啦?"

听了阿黑的话,阿巧和阿丽有些不平,同样都不下蛋,她阿黑为什么平白吃一把米?她们将阿黑叫到一处,要求利益均沾,那就是赶在主人到来之前轮流咯咯哒。那样主人就会轮流奖励一把米。于是,第三天,阿巧得了一把米,第四天,阿丽得了一把米。第五天,轮到下蛋的阿花咯咯哒叫唤的时候,主人一脚踢走了阿花,"去去去,姊妹四个每天才下一个蛋!"

阿花悻悻地缩在墙角,每天下蛋让她变得很瘦弱,她把所有的营养都给了那些鸡蛋。她从没见过主人家的小孙子,想着吃了她下的柴鸡蛋后,孩子一定很结实吧,阿花也就不觉得委屈了,还很有成就感呢!

有一天,主人和女主人还有他们的儿子儿媳孙子都回来了。

儿子要父亲杀只鸡给老婆孩子开开荤。主人说:"四只鸡都下蛋,虽说每天才一个,但家里只要白天有人照顾着就会多起来,杀了真可惜呢!"

女主人就骂,死老头子真小气,杀只鸡有啥舍不得,自己孙子回来了才吃哩,不吃留给谁呀,你死老头子想吃还嚼不动哩!

主人看看四只鸡,只有阿花显得瘦弱无力,还是杀了她吧,剩下三只壮壮的,下的蛋也定然大。主人抓住阿花,其他姐妹三个都用嘴撕主人的裤腿,"不能杀妹妹呀,妹妹还得下蛋呢!"

可是,只有牲畜能听懂人话,哪有人听懂牲畜话的呢?眼看着阿花被捉走,被按在案板上,主人的刀高高举起却迟迟不落下来。女主人忽然走过来问:"你也没摸摸还有没有鸡蛋就杀,万一杀错了呢?"

"这也能摸出来?"

"你瞎喂了两年鸡了,四只鸡轮流下?每只鸡四天才一个蛋?鸡都比你精哩!"女主人抓过阿花,往底下一摸说:"我孙子今天差点就没鸡蛋吃了!这只不能杀,等她下完了今天的蛋后也不迟!我还得看几天,知道哪个不下蛋了再杀哪个!"

第二天,阿花又下了一个蛋。这一次,姊妹四个一齐从鸡窝里出来咯咯哒地叫唤。女主人恶狠狠地看着她们说,一个鸡蛋四个叫唤,我竟然忙得忘了摸一下那三只鸡,不晓得还有没有下蛋的。

主人则从外面买了只公鸡回来,几下就将其抹了脖子,嘴里嘀咕着,公鸡才是盘里的肉,母鸡留着,还得给孙子吃鸡蛋哩!

女主人也渐渐忘了四只鸡的考核与审查。她是养鸡的高手,不出一个月,姊妹三个跟阿花一样下蛋了。

在路上的桃子

走进桃林。我对桃林的主人说,给我装一箱完全成熟的桃子。

主人问我,你是要烂桃子吗?桃子在完全成熟的那一刻就开始腐烂。

我在桃林寻找熟透的桃子。每一颗桃子都没有我想要的桃红。

我只能给你在路上的桃子,接近成熟但永远不会成熟。主人告诉我。

我带走了一箱坚硬的桃子,我找不到有着甜蜜香气的,柔软的蜜桃。我很沮丧地离开了。可是,桃子在回家的路上成熟了。我打开箱子,成熟的芬芳溢满所有的空间。

白开水

1

桌上有两只白色透明的玻璃杯。

左边的一只盛了半杯白开水,它看看右边那只说:"你要相信命运与机缘,同样的杯子,主人喜欢用我而不喜欢用你,可怜,你今天又被闲置了。"

这时,主人走过来,端起右边那只杯子,一饮而尽。

右边那只是满的。

2

桌上有两只白色透明的玻璃杯。

左边的杯子氤氲着热气。它对右边的杯子说,只有滚烫的心,才有这份妖娆。

这时,主人走过来,摸了摸右边那只杯子,端起来一饮而尽。

中度水温,是主人的最爱。

3

女孩给他递过一杯白开水。

他抿了一口问,你的白开水为什么是咸的?

"那是白开水的泪!"她说。

"有诗意,你的回答!"他一口饮尽杯中水,咂咂嘴说,"现在又变甜了!"

女孩抿着嘴笑:"白开水还能喝出多种味道来?"

"嗯,甜中带酸,酸味纯正。"

女孩的脸上笑开了花。

别

早晨,阳光透过窗帘的缝隙挤进来,照在一幅美丽的胴体画上。

安揉了揉惺忪的睡眼,的确是一幅画,但又不是,分明能感受到她的呼吸,还能看到白嫩皮肤下跳动的血管。

你是谁?

她背对着安,无声无息。

安走上前,想有一种抚摸与拥抱的冲动,甚至……

你以前不是经常亲吻我吗?带着兴奋,激情,然后打开,现在怎么迟疑了?

安就要走了,离开这个过了大半生的小城。她难道是来道别的?

你到底是谁?

你真的不记得我了吗?每次你的作品雪花般飘到手中,你都要亲吻我,将我抱在怀里,靠近心脏的位置。

难道你是?

对,我是一枚邮票。你丢下键盘下决心走出去的时候,我们就要永别了。

安退后几步,坐在床沿上。喃喃地说,永别了,但还要继续,继续……

大孩子和小孩子

大孩子和小孩子一起玩一个红气球。

大孩子把气球托得高高的,眼看要掉下来了,落在小孩子的头上,可是一刹那,气球又回到大孩子的手中。这样周而复始,小孩子总得不到气球。次数多了,大孩子也感觉厌倦,转而逗弄小孩子。

"孬蛋儿,叫姐姐,我就给你!"

"姐姐!"小孩子叫得响亮和干脆。

"不行,叫好姐姐!"她扬一扬手里的气球,炫耀着。

他还没学会说"好",当然也叫不出"好姐姐"来。只好重复叫着姐姐,姐姐,姐姐。次数多了,大孩子也觉着无味儿,就赏给他玩一次。可是刚玩了一会儿,她又抢了过去,继续逗他叫好姐姐。

十点钟,外面娶新娘子的开始放喜炮。喜炮震天响,大孩子害怕,小孩子就立即走到大孩子跟前,一双小手捂住了小姐姐的耳朵,姐姐,不怕!

因为孬蛋儿是小小男子汉。

名　医

　　上午九点钟,乡医张成正在堂屋里闲翻医书,只见久不来往的老哥张忠和侄子侄孙上门,赶紧起身。

　　"兄弟,你侄孙君君,只有你能治好他的病了!"张忠开门见山地说。

　　张成看孩子面色,连忙抱过君君就进了屋。

　　只见他拿出一瓶黑色药膏,用小勺喂进去,后又细细把脉,时而凝神,时而思索,最后则面露喜色。

　　张成交代大侄子:"孩子的身体金贵,我开第一副药只为试探,若好,明就来,我再开第二副除根;若不好,也来,我尝试另一副。"

　　晚上,兄弟小酌。

　　张成从兜里拿出一张纸,推过来给哥哥:"咱家方子中用得猛的药,我都撤了换成另外三味,视情况不同而变换。这些年来,我研究了很多医书,还熬了药膏,滋阴润肺,化痰止咳。这是新方,虽说慢些,但副作用小。"

　　哥哥说:"当年,你是对的,你违背了爹,说祖传方子太猛,早晚出大问题,爹说祖宗传了多年的方子从你这里出了问题才是大问题。我用这个方子医病,一辈子压着你,不该啊。"

　　弟弟感叹世人只求其方,不求其理,只求快好,不知后患。他这些年医病不温不火,虽没哥哥名气大,但力求用最少的药,取

得最好的效果。

张忠忽然起身,摘下墙上的牌匾:"我一躺下,就听见有孩子在哭。只有你晓得,是那方子致死的人命啊!君君病了,我却不敢下药!这匾,是在打我的脸呢!"

此后,张忠永久歇业,颐养天年。

只叙旧,不说事儿

我爸自从做了教育局局长,他的学生就忽然多了起来。他以前在羊村教过小学,所以现在估计羊村的狗都记得他,念着他的好。哼,要不是他现在有了一点小权力,还不仍然像只软绵绵的羊!

这不,今晚,又一个自称是他学生的人登门了。这人年纪轻轻,文质彬彬,不像那些胸有城府的老油条。

爸爸问,真是羊村来的?我教过你语文?来人赶紧点头称是。爸爸让我招呼他,我才懒得动弹,屁股在沙发上根本没挪窝。见我不动,他又让我回避,我还是待在原地看电视。他教了两年学,能有几个学生嘛!

来人简单说了之后就呈上了一个大大的纸包,看似几沓厚厚的人民币。刚毕业,这哪来的钱呀!爸爸的手又推了回去,说,年轻人,咱们只叙旧,不说事儿。来,今晚尝尝家常饭。这饭,要一口一口地吃才能品出真味;这工作,也是一步一步来,才扎实。

我噗的一声笑了。爸爸,您还是拿着吧。说着,我把桌上的东西打开,递到他手里,这分明是一块块点心。

来人脸红,结巴,出虚汗,极力分辩,不是我,是她……

你不是要见见我的男朋友吗？他老说我是干部子女,不是跟他一起牵手过日子的人。我就是不想让他看扁了。

爸爸哈哈大笑,闺女啊,你们这样试探爸爸,真以为爸爸傻呀！我有几个学生,我能不知道？这个学生叫宋斌,当年的学习尖子,村委每年都给他一定的奖励。他虽出身寒微但贫能立志,是羊村的好娃娃。倒是你这鬼丫头,向他学习的地方可不少呢！

爸爸拍了拍他的肩,又说,女婿考验老丈人,头一出！小子,行！我们父女俩绝不会让你失望的！

拄杖敲君

何冰一开门吓了一跳,乡下老娘坐在客厅的沙发上。让人惊奇的是,一向腰杆硬朗,腿脚灵便的老娘,跟前放着一根龙头拐杖。一见儿子进来,老娘还特意把拐杖抓到手里,笃笃笃,用力在地板上敲了几下。

"妈,有事啊,您怎么说来就来了,不打个电话？哥哥没送您来？"何冰问。

"来了,让我支走了。这回不是脚伤了吗？叫你媳妇请三天假,伺候我一段儿,享享我儿的清福。"

何冰看看老娘的脚,纱布绑得跟粽子似的。他蹲下来,用手轻轻按娘受伤的脚,心想:好好的,怎么伤了脚呢？她说得怪轻

巧，以为那学校是自己家开的？她教高三，人家的孩子都要考大学，不能误人子弟呀。

"不孝的儿，怎么不说话？就知道心疼媳妇，你媳妇在学校请三天假，有那么难？她学校的校长，可不因为你的身份格外照顾她哩！那你请三天假呗，在家里陪陪我！要不就出去转转，我闲得慌，难受！"

"那也不行啊，妈！您儿媳也不是那样的人。我可以给你找个能说说话的钟点工，天天陪您聊天。这样按，疼不疼，要不要上医院？"

老娘挪挪脚，极不情愿地说："那也可以，但我还是要你请三天假。嗯，你这样按得轻，不疼，你老娘还没那么娇贵！上什么医院呐？"

"不行啊，妈！我三天不上班也不行，每天都有很多事情要亲自处理。"何冰急了，觉得娘上了年纪，越来越像孩子了。

"两天？两天行不行？"老娘伸出了两根手指头，老视镜架在鼻梁上，亮亮的眼睛里含着期待。

"一天也不行，妈！我下午还有个重要的会议呢！您儿是局长，多少眼睛盯着我呢！您这一病，我若说出去，说不定有多少人来看您，您就等着我犯错误吧！"何冰又跟她讲，局里刚刚被处理的几个人，就是因为滥收礼品，结果成了变相受贿。

"有这么严重？那村支书收个烟啊酒啊的不是稀松平常的事吗？"娘把拐杖拿在手里，使劲敲了敲地面。看样子，佘太君要生气了。

何冰叹口气，正色道："错误的大小不同，性质一样。嗯？我哥经常收受人家的礼品吗？我不相信我哥会那样做。您老得多叮嘱他几句。要真那样，您干吗不拿拐杖打他呢？"

"你这话,我赞同。实话跟你说,你哥倒不会仗着你在外面就恣意妄为。对你哥,我是放心的,倒是你,官越做越大,我是真不放心呐。算了,妈也不要你请假了,你就为妈换一次药,洗洗脚吧。"老娘说完,手中的拐杖又在地上敲了几下,这次下手轻多了。

何冰马上去澡房打来热水,小心地松开老娘脚上的绷带后,哈哈笑出了声。老娘的脚上没有任何红肿和伤口的痕迹。何冰连喘几口气,边笑边说,娘啊,娘啊,您这是何苦呢?

这时,手机响了,是大哥。大哥说:"今年娘执意要躲这个生日,就是因为不想让我为难。要是个平头百姓,过个生日,表个心意也不为过,可我不是支书吗,乡亲们再表心意,味道就变喽!"

何冰放下电话,脸上的笑敛住了,懊悔地拿过娘的拐杖说:"妈,我竟然忘了您生日,您打我吧!我这就给小赵打电话,下午不去局里了。再给您儿媳妇打个电话,买蛋糕,过生日。"说完拿出手机,却被老娘按下了。她把拐杖端正地放在茶几上说:"罢了,儿子,这拐杖,你还得给我供着,等你退休了,再还给我。至于生日,你给妈洗这回脚,也算过了。"老娘笑眯眯地把脚放在盆里,满是皱纹的手抚摸着儿子早生的几根白发。

还是对门邻居

有人在轻轻叩门。老宁的屁股还没沾座位就又抬了起来,连忙说,您忙,您忙,我先回了。领导的夫人纤手一落,说,是邻居家,你再坐会儿吧!

夫人问,是在本地住,还是外地?

镇上,老宁说,这里房子这么贵,怎么住得起啊?

那不一定!夫人呷了一口茶说,早些年买的,便宜得多哦!

老宁低着头看水杯。说老实话,若不是老婆逼得紧,他不会敲开领导家的门。

老宁暗自思忖,该用什么样的措辞自我介绍一下,以前老婆一直让他弄个名片啥的他没跟那个潮流,现在这玩意还真能派上用场。

我,我现在,我本来,老宁不知道自己的嘴这时怎么就没长在脸上。

夫人问,当年的大才子,文曲星,现在有大作问世吗?

嗯?老宁怔了一下,木木地看着夫人,似曾相识。

贵人多忘事呢!你当时是学校文学社的社长,还是篮球队的队长,你不知道那时候有多少女孩子在拉拉队里喊,宁玉雷,加油!宁玉雷,加油!我也是其中一位呢!

老宁拍拍脑袋说,啊呀,那时,那时怎能和现在?不提了!夫人您是——

不好意思,原来是当年的系花,怪不得这么眼熟,咳!落魄如此,羞谈当年啦!老宁刚想说一下来意,又有人在轻轻叩门。夫人纤手按了一下他的肩膀,笑着说,还是对门邻居。

我还是回吧!老宁执意要走。

推托之间,夫人说,你的事,老关跟我说过。放心,这次评职称,老关早就把你这业务骨干报上去了,有他关门神在,能不驱邪辟鬼?

老宁方才醒悟,几次的敲门声,哪是对门邻居家,分明是她在谢客呀!